Diese Persönliche Chronik ist für:

Das Buch vom

4.

Juli

Ein ganz besonderer Tag

... ein ganz besonderer Tag

Der Juli (lat. mensis Iulius) war ursprünglich im altrömischen Kalender der fünfte Monat. Nach Cäsars Kalenderreform im Jahr 46 v. Chr. wurde er dann der siebte Monat. Sein heutiger Name geht auf eine Entscheidung des römischen Senats zurück, der mit dieser Benennung den römischen Feldherrn und Diktator Gaius Julius Cäsar für seine Verdienste ehren wollte.
Am 4. Juli wurde die Menschheit über die Jahrhunderte hinweg Zeuge gravierender politischer und kultureller Ereignisse. Zudem war dieser Tag auch der Geburtstag wichtiger Persönlichkeiten.

1376 schlossen sich unter der Führung Ulms 14 schwäbische Städte zum Schwäbischen Bund zusammen. Als der Zusammenschluß dem deutschen König Wenzel die Huldigung verweigerte, eröffnete Kaiser Karl IV. einen Reichskrieg gegen die schwäbischen Städte.
1776 nahmen zwölf britische Kolonien auf dem nordamerikanischen Kontinent Thomas Jeffersons Unabhängigkeitserklärung an und bildeten die Vereinigten Staaten von Amerika.

Der italienische Freiheitskämpfer Giuseppe Garibaldi wurde am 4. Juli 1807 in Nizza geboren.

Im Zeichen des Krebses

22. Juni bis 22. Juli

Der 4. Juli liegt am Anfang der zweiten Krebs-Dekade. Menschen mit diesem Sternzeichen haben eine Veranlagung zum Rätselhaften: Ähnlich wie die Gezeiten scheinen sie in ihrer Stimmungslage von den Mondphasen geprägt zu sein. Anders ist es kaum zu erklären, daß Krebs-Geborene ohne ersichtlichen Grund zwischen Glückseligkeit und tiefer Einkehr pendeln. Generell liebt der Krebs die Familie und pflegt Freundschaften. Seine ausgeprägte Sensibilität macht ihn aber empfindlich gegenüber persönlichen Angriffen. Krebs-Menschen sind freundlich und hilfsbereit – jede Form von Egoismus ist ihnen fremd. Im Beruf zeigen Krebs-Geborene Ausdauer und Energie – nicht umsonst sind sie bei Vorgesetzten wegen ihrer Leistungsbereitschaft beliebt.

Unter den Krebs-Persönlichkeiten finden sich viele Forscher, Schriftsteller und Künstler. George Everest verdanken wir die trigonometrische Vermessung des indischen Subkontinents. Nach ihm wurde der höchste Berg der Erde benannt. Mit dem britischen Komiker Marty Feldman erreichte die cineastische »Clownerie« neue Qualitäten, und durch den Opernreformer Christoph Willibald Gluck hielten Wahrheit und Natürlichkeit Einzug in die klassische Musikkomposition.

1900–1909

Highlights des Jahrzehnts

1900

- Weltausstellung in Paris
- Niederschlagung des Boxeraufstandes in China
- Uraufführung der Oper »Tosca« von Giacomo Puccini in Rom
- Probefahrt des ersten Zeppelins »LZ 1«

1901

- Die britische Königin Victoria stirbt
- Erste Nobelpreise verliehen
- Thomas Mann veröffentlicht die »Buddenbrooks«
- Mordattentat auf US-Präsident McKinley, Theodore Roosevelt wird Nachfolger

1902

- Beendigung des Burenkrieges in Südafrika
- Krönung Eduards VII. zum König von Großbritannien
- Inbetriebnahme der Transsibirischen Eisenbahn
- Kunstströmung »Jugendstil« auf dem Höhepunkt

1903

- Serbischer König Alexander I. ermordet
- Erste Tour de France
- Erster Motorflug der Brüder Wright
- Kampf der Suffragetten um das Frauenwahlrecht
- Margarethe Steiff präsentiert den »Teddy-Bären«

1904

- Hereroaufstand in Deutsch-Südwestafrika
- Beginn des Russisch-Japanischen Krieges
- Arthur Korn gelingt die erste Bildtelegraphie

1905

- Petersburger »Blutsonntag«
- Tangerbesuch Wilhelms II. führt zur Ersten Marokkokrise
- Albert Einstein entwickelt »Spezielle Relativitätstheorie«
- Künstlergemeinschaft »Die Brücke« wird gegründet

1906

- Revolutionäre Unruhen und erstes Parlament in Rußland
- Roald Amundsen duchfährt die Nordwestpassage
- Dreyfus-Affäre beigelegt
- Erdbeben verwüstet San Francisco

1907

- Pablo Picasso malt »Les Demoiselles d'Avignon« und begründet den Kubismus
- Erste Farbfotografien von Louis Jean Lumière

1908

- Ford baut Modell T (»Tin Lizzy«)
- Österreich-Ungarn annektiert Bosnien und Herzegowina
- Durchbruch der olympischen Idee bei Spielen in London
- 30 000 Jahre alte Statuette (Venus von Willendorf) gefunden

1909

- Robert E. Peary erreicht als erster Mensch den Nordpol
- Louis Blériot überfliegt den Ärmelkanal
- Unruhen in Persien: Schah Mohammed Ali dankt ab

◀ **Das Flatiron Building, New Yorks erster Wolkenkratzer (1902)**

Mittwoch 4. Juli

Nur noch »reines Bier« in Württemberg. Ein neues Biersteuergesetz sorgt für verträglichen Biergenuß im Königreich. Nach der jetzt gültigen Verordnung dürfen für das Brauen nur noch Gerste, Hopfen und Wasser verwendet werden. Die Nutzung bestimmter Ersatzstoffe ist damit für die Zukunft strengstens untersagt.

Technik

Die Erforschung Labradors hat sich eine fünfköpfige Expedition zum Ziel gesetzt. Die Wissenschaftler der Havard University in Massachusetts bleiben fast drei Monate in diesem Teil Nordamerikas. Im Verlauf der Erkundungen werden die bislang unbekannten Berge Mount Eliot, Mount Faunce und Mount Elizabeth benannt. Des weiteren stoßen die Professoren auf Goldadern.

Gesellschaft

Späte Ehrung: Der französische Staatspräsident Emile Loubet enthüllt in Paris ein von US-Bürgern gestiftetes Denkmal des französischen Generals und Politikers Marie Joseph Motier Marquis de La Fayette. La Fayette hatte ab 1777 am Nordamerikanischen Unabhängigkeitskrieg gegen Großbritannien teilgenommen.

Wetter

Angenehme Wetterverhältnisse kennzeichnen den Juli 1900. Bei einer Durchschnittstemperatur von über 20° C fällt im Vergleich zum langjährigen Mittel nur geringer Niederschlag (42,3 mm).

Donnerstag 4. Juli

Gesellschaft

Vereinfachung der Bahntarife im Reich: Alle Rückfahrkarten der preußisch-hessischen Staatseisenbahnen sind mit sofortiger Wirkung 45 Tage gültig. Dieser Regelung schließen sich in der Folge auch andere Bundesstaaten wie Baden oder Sachsen an. In Bayern gilt die Änderung der Bahntarife nur für Züge der preußisch-hessischen Eisenbahn.

Gesellschaft

Neues Opfer der Bankenkrise in Deutschland: Als Folge des Zusammenbruchs des sächsischen Kreditinstituts Leipziger Bank muß die Aktiengesellschaft für Trebertrocknung in Kassel Konkurs anmelden. Der Aufsichtsratsvorsitzende Hermann Sumpf wird wegen zwielichtiger Finanzgeschäfte verhaftet.

Politik

Der US-Politiker William Howard Taft wird erster Zivilgouverneur auf den Philippinen.

Wetter

Mit einer durchschnittlichen Temperatur von 21,1° C und einer Niederschlagsmenge von nur 58,8 mm zeigt sich der Juli 1901 von einer schönen Seite.

Freitag 4. Juli

Politik

Die Reduzierung der Wehrpflicht auf zwei Jahre wird vom französischen Senat gebilligt. Bislang mußten junge Franzosen drei Jahre Militärdienst ableisten. Mit dem neuen Gesetz, so Abgeordnete des Parlaments in Paris, dokumentiere Frankreich seinen Friedenswillen. Militärfachleute meinen allerdings, daß die Verteidigungsfähigkeit unter gewissen Umständen nicht gewährleistet sei.

Gesellschaft

Die Brüsseler Zuckerkonvention stößt auf scharfen russischen Protest. In einer Note an die Mitgliedsländer protestiert die russische Regierung gegen die vorgesehene Erhöhung der Zollgebühren für russischen Rohzucker. Anfang März beschlossen einige europäische Staaten, unter ihnen auch Deutschland, auf einer Konferenz in der belgischen Hauptstadt die Abschaffung der Ausfuhrprämien für Zucker. Diese Vereinbarung hat eine Normalisierung der stetig steigenden internationalen Zuckerproduktion zum Ziel.

Wetter

Schlechtes Wetter herrscht im Juli 1902. Die mittlere Lufttemperatur liegt mit 17,0° C deutlich unter dem langjährigen Mittelwert für diesen Zeitraum.

1903

Samstag 4. Juli

Gesellschaft

Bremer Frauen sorgen für Furore: Um eine Kürzung der Ladenöffnungszeiten herbeizuführen und damit die »arbeitenden Geschlechtsgenossinnen« zu entlasten, veröffentlichen die Frauenverbände einen Aufruf in den lokalen Zeitungen. Darin bitten sie alle Bremer Hausfrauen, ihre Einkäufe vor 20 Uhr zu erledigen – normalerweise haben die Geschäfte in Bremen länger geöffnet.

Rekorde 1900–1909

400 m: Maxey Long (USA) – 47,8 sec (1900)
Weitsprung: Peter O' Connor (IRL) – 7,61 m (1901)
Stabhochsprung: Walter Dray (USA) – 3,90 m (1908)
Kugelstoßen: R. Rose (USA) – 15,56 m (1909)

Gesellschaft

An den deutschen Universitäten haben elf Frauen während des Studienjahres 1901/1902 ihren Doktortitel erworben. Diese Angabe veröffentlicht das »Berliner Tageblatt«. Trotz des »Fortschritts im Kampf um die Gleichberechtigung« dominieren aber weiterhin die Männer die Hochschulen.

Wetter

Geringer Niederschlag und eine mittlere Lufttemperatur von 18,7° C sind die durchaus angenehmen Kennzeichen des Julis in diesem Jahr. Die Sonnenscheindauer liegt dabei knapp über dem langjährigen Durchschnittswert für diesen Monat.

Montag 4. Juli

Gesellschaft

Prozeß gegen Angestellte des Gelsenkirchener Wasserwerkes: In Essen beginnt die Gerichtsverhandlung gegen den Betriebsleiter und die verantwortlichen Ingenieure. Ihnen wird vorgeworfen, 1901 ungefiltertes Ruhrwasser für die Trinkwasserversorgung der Stadt genutzt zu haben. Als direkte Folge wurde die Stadt von einer Typhusepidemie heimgesucht. Von den mehr als 3000 Erkrankten starben 200 Menschen.

Technik

Zugunglück in Paris: Auf dem Bahnhof St. Lazare explodiert der Kessel einer Lokomotive. 17 Personen erleiden leichte Verletzungen.

Politik

Die guten deutsch-schwedischen Beziehungen werden weiter vertieft. Ein Konsortium aus Hamburger und Berliner Banken gewährt dem skandinavischen Land eine Anleihe von 56 Mio. Mark.

Wetter

Warm und trocken ist der Juli im Jahr 1904. Die Durchschnittstemperatur liegt 2 °C über dem langjährigen Mittelwert von 18,3° C.

Dienstag 4. Juli

Politik

Weiterer Höhepunkt im Streit zwischen Frankreich und dem Vatikan: Mit sofortiger Wirkung wird die französische Botschaft im Kirchenstaat geschlossen. Die französische Nationalversammlung hat im April einer Gesetzesvorlage zur Trennung von Kirche und Staat zugestimmt.

Gesellschaft

Auseinandersetzungen in der bayerischen Metallindustrie sind beigelegt. Durch Vermittlung der Landesregierung einigen sich die Arbeitnehmer und Arbeitgeber auf einen Kompromiß in Fragen der betrieblichen Mitbestimmung. Fortan erkennen die Unternehmer die betrieblichen Arbeitervertretungen als Gesprächspartner an.

Gesellschaft

Wegen Ansteckung einer fremden Person mit Syphilis verurteilt das Leipziger Reichsgericht einen Mann, der 1900 eine Prostituierte mit dieser gefährlichen Geschlechtskrankheit infiziert hatte.

Wetter

Trotz einiger Regenfälle ist das Wetter im Juli 1905 durchaus erträglich.

Mittwoch 4. Juli

»Linie ohne Bauch«: Das Korsett, ein modisches Muß für die elegante Frau

Gesellschaft

Wegen »Baumfrevels« vor Gericht: Anläßlich der amerikanischen Unabhängigkeitsfeiern schneidet ein Amerikaner junge Eichen im Königlichen Forst in Grünau (Berlin) ab. Der »Unhold« will Kinder nach amerikanischer Sitte mit Eichenlaub als Freiheitssymbol schmücken und wird deshalb angezeigt.

Kultur

Das »Sommerfest der Berliner Rangen« findet bei Kroll statt. Der Erlös der Veranstaltung kommt den »durch die grauenerregenden Massakres ins Elend gestürzten Juden und Deutschen in Rußland« zugute. Eine Eintrittskarte kostet 1 Mark, im Vorverkauf reduziert sich der Preis auf 75 Pf. Seit den Unruhen 1905 in Rußland kommt es immer wieder zu Übergriffen auf Juden. Zuletzt wurde Mitte Juni die Stadt Bialystok von einem Pogrom heimgesucht.

Wetter

Mit Temperaturen um durchschnittlich 19,4° C und geringenm Niederschlag herrscht im Juli des Jahres 1906 Bilderbuchwetter der feinsten Art.

Donnerstag 4. Juli

Sport

Boxweltmeister aller Klassen bleibt Tommy Burns. Der Australier verteidigt in Colma/Kalifornien, seinen Titel gegen Bill Squires durch K.o. in der ersten Runde.

Sport

Englands Sportwelt ist geschockt: Zum ersten Mal gewinnt ein Ausländer die All England Lawn Tennis Championchips. Der Australier Norman E. Brookes schlägt im Herrenfinale den 39jährigen Arthur William Gore mühelos in drei Sätzen.

Kultur

Die katholische Kirche kämpft gegen Modernität. In Rom veröffentlicht die Kongregation des Heiligen Offiziums einen sog. Syllabus, in dem darauf hingewiesen wird, daß alle modernistischen Denkansätze als ketzerisch verurteilt werden müssen.

Gute Figur in Sakkoanzug und Wettermantel: Die Mode für den Herrn

Wetter

Von seiner schlechten Seite zeigt sich der Juli 1907 mit anhaltenden Niederschlägen.

Samstag 4. Juli

Gesellschaft

Am heutigen Unabhängigkeitstag der Vereinigten Staaten von Amerika wird der 46. Stern in die Nationalflagge aufgenommen. Somit ist der im letzten Jahr erfolgte Eintritt Oklahomas in die Union auch symbolisch nachvollzogen.

Politik

Aus gesundheitlichen Gründen tritt der japanische Ministerpräsident Kimmotschi Fürst Saiondschi von seinem Amt zurück. Neuer Premier wird Taro Katsura.

Technik

Im galizischen Rohölrevier geraten durch Blitzschlag fünf Ölquellen in Brand. Die Feuerherde können wochenlang nicht gelöscht werden. Der Sachschaden ist erheblich.

Preise in den Jahren 1900–1909

1 kg Butter	2,46
1 kg Mehl	0,35
1 kg Fleisch	1,55
1 Ei	1,05
1 l Vollmilch	1,00
10 kg Kartoffeln	0,65

in Mark, Stand 1905

Wetter

Das Wetter im Juli 1908 ist ohne Besonderheiten. Die mittlere Lufttemperatur beträgt 19,9° C; der Niederschlag liegt knapp unter dem langjährigen Mittel.

Sonntag 4. Juli

Sport

Feierlicher Startschuß für Themse-Regatta: In Anwesenheit von Mitgliedern des britischen Königshauses wird in Henley on Thames, rund 70 km westlich von London, die Ruderregatta »Royal Henley« eröffnet. Höhepunkt des 1839 erstmalig ausgetragenen Rennens ist die Achter-Konkurrenz um den »Grand Challenge Cup«, den das Team des Königlichen Wassersportclubs Gand gewinnt.

Politik

Sensationssieg für deutschen Leichtathleten: Der Münchener Hanns Braun gewinnt den 1/2 Meile-Lauf in London.

Politik

Der Parteitag der Freisinnigen Volkspartei in Berlin bekräftigt die Ablehnung der Erbschaftssteuer als Mittel, um die Finanzmisere des Reiches zu beenden.

Stars der Jahre 1900–1909

Isadora Duncan
Tänzerin
Gustav Mahler
Komponist/Dirigent
Anna Pawlowa
Tänzerin
Sarah Bernhardt
Schauspielerin
Orville/Wilbur Wright
Flieger

Wetter

Relativ kühl und regnerisch zeigt sich der Juli des Jahres 1909.

1910-1919

Highlights des Jahrzehnts

1910

- Georg V. wird nach dem Tod Eduards VII. britischer König
- Der Halleysche Komet passiert die Erde
- Bürgerliche Revolution beendet Monarchie in Portugal
- Wassily Kandinsky begründet die abstrakte Malerei
- Sieg des Schwarzen Jack Johnson bei Box-WM

1911

- Bürgerkrieg in Mexiko
- »Panthersprung nach Agadir« löst Zweite Marokkokrise aus
- Militärputsch leitet chinesische Revolution ein
- Roald Amundsen gewinnt den Wettlauf zum Südpol

1912

- Erster Balkankrieg
- Woodrow Wilson wird 28. US-Präsident
- Untergang der »Titanic«
- Büste der ägyptischen Königin Nofretete gefunden

1913

- Zweiter Balkankrieg
- Niels Bohr entwirft neues Atommodell
- Größter Bahnhof der Welt (Grand Central Station) in New York eingeweiht

1914

- Österreichs Thronfolger in Sarajevo ermordet
- Ausbruch des Ersten Weltkrieges
- Eröffnung des Panamakanals

1915

- Stellungskrieg im Westen
- Beginn der Ostoffensive
- Charlie Chaplin wird mit »Der Tramp« Star des US-Kinos
- Versenkung der »Lusitania« durch ein deutsches U-Boot

1916

- Schlacht um Verdun
- Osteraufstand in Irland niedergeschlagen
- Seeschlacht vor dem Skagerrak
- Der österreichische Kaiser Franz Joseph I. stirbt
- Rasputin ermordet

1917

- Beginn des uneingeschränkten U-Boot-Krieges
- Zar Nikolaus II. dankt ab
- Oktoberrevolution in Rußland

1918

- US-Präsident Wilson verkündet 14-Punkte-Programm zur Beendigung des Krieges
- Russische Zarenfamilie ermordet
- Waffenstillstand von Compiègne beendet Ersten Weltkrieg
- Novemberrevolution: Kaiser Wilhelm II. dankt ab, Philipp Scheidemann ruft die deutsche Republik aus

1919

- Spartakusaufstand niedergeschlagen
- Rosa Luxemburg und Karl Liebknecht ermordet
- Friedrich Ebert erster Reichspräsident
- Versailler Vertrag

◀ **Schöne Spionin in deutschem Auftrag: Mata Hari wird 1917 erschossen**

Montag 4. Juli

Sport

Ein schweres Unglück überschattet die Unabhängigkeitsfeiern: Bei einem Feuerwerk anläßlich der Erlangung der amerikanischen Unabhängigkeit kommen 28 Menschen ums Leben, 1758 Zuschauer werden zum Teil lebensgefährlich verletzt. Die Ursache der Katastrophe kann nicht eindeutig geklärt werden.

Jack Johnson bleibt Boxweltmeister im Schwergewicht. In Reno, US-Bundesstaat Nevada, verteidigt der 32jährige seinen Titel gegen den vormaligen Champion Jim Jeffries. Aus Verärgerung über den erneuten Sieg des farbigen Johnson kommt es nach dem Weltmeisterschaftskampf u. a. in New York zu gewalttätigen Ausschreitungen zwischen Weißen und Schwarzen, in deren Verlauf mehrere Menschen ihr Leben verlieren.

Politik

Das zweite russisch-japanische Abkommen wird in Petersburg unterzeichnet. Mit diesem Vertrag sichern sich Rußland und das japanische Kaiserreich ihre Einflußsphären im asiatischen Raum. Korea bleibt demnach japanisches Interessensgebiet, die Äußere Mongolei russisches.

Wetter

Nicht sehr warm ist der Juli im Jahr 1910. Mit 17,7° C erreicht er nicht den langjährigen Durchschnitt. Die Niederschlagsmenge liegt dagegen über dem Mittelwert.

1911

Dienstag 4. Juli

Kultur

Seine Wanderbühne »Théâtre National Gémier«. eröffnet der Schauspieler Firmin Gémier in Paris. Das mobile Theater wird durch ganz Frankreich reisen und auf Jahrmärkten den Menschen anspruchsvolle Kultur vermitteln. Zu diesem Zweck organisiert Gémier einen Konvoi, der insgesamt aus 21 Wagen besteht. Der Eintritt liegt bei etwa 2 Franc pro Person und Aufführung. Gémier erhofft sich pro Abend Einnahmen in Höhe von etwa 6000 Franc (4860 Mark).

Politik

Berliner bekunden Friedenswillen: In der deutschen Reichshauptstadt demonstrieren mehrere tausend Menschen für den weiteren Erhalt der friedlichen Koexistenz zwischen Frankreich und Deutschland. Die Beziehungen zwischen diesen beiden Staaten sind wegen Marokko zur Zeit sehr gespannt. Erst im November kommt es zu einem Kompromiß bezüglich der jeweiligen Interessen in Nordafrika.

Wetter

Sommerlich heiß ist der Juli in diesem Jahr. Seine Durchschnittstemperatur beträgt 20,5° C und liegt damit weit über dem langjährigen Mittel.

Donnerstag 4. Juli

Politik

Treffen Zar-Kaiser: In der estnischen Hafenstadt Baltischport trifft Kaiser Wilhelm II. mit dem russischen Zaren Nikolaus II. zu politischen Gesprächen zusammen. Im Mittelpunkt der Erörterungen stehen die gegenwärtig angespannte politische Lage in Europa und die Stellung der Großmächte angesichts des deutsch-britischen Wettrüstens.

Kultur

Erstmals wird einer Frau eine Professur übertragen. Christine Bonnevie erhält den Lehrstuhl für Zoologie an der norwegischen Universität Kristiania, heute Oslo.

Politik

Durch K.o. in der neunten Runde besiegt der schwarze Boxweltmeister im Schwergewicht, Jack Johnson, seinen Herausforderer Jim Flynn in Las Vegas. Mit diesem Kampf endet die zweijährige Boxpause Johnsons, der seit 1908 Weltmeister ist.

Wetter

Das Wetter im Juli 1912 ist heiß und trocken. Bei einer Durchschnittstemperatur von 20,8° C liegen die Regenfälle unter dem langjährigen Mittel.

Freitag 4. Juli

Gesellschaft

Zu schweren Auseinandersetzungen zwischen Polizei und streikenden Bauarbeitern der Berliner Firma Julius Berger Tiefbau AG kommt es in der elsässischen Stadt Mülhausen. Die beim Umbau des Nordbahnhofs eingesetzten Arbeiter streiken für die Zahlung des tariflich festgelegten Tageslohnes von 5,60 Mark. Erst Mitte Juli können sich die Bauarbeiter durchsetzen.

Stars der Jahre 1910–1919

David Wark Griffith
Filmregisseur
Mary Pickford
Filmschauspielerin
Enrico Caruso
Sänger
Douglas Fairbanks
Filmschauspieler
Charlie Chaplin
Filmschauspieler

Politik

Der preußische Kriegsminister Josias von Heeringen scheidet mit der Ernennung zum Generalinspekteur der Zweiten Armeeinspektion in Berlin aus seinem Amt. Nachfolger wird am 7. Juli Generalmajor Erich von Falkenhayn. Die Demission von Heeringen zeichnet sich schon seit einiger Zeit ab, da es immer wieder zu Meinungsverschiedenheiten mit dem deutschen Generalstabschef Helmuth von Moltke kam.

Wetter

Kühle Witterungsverhältnisse sind bestimmend für den Juli 1913.

Samstag 4. Juli

Sport

Der Grand Prix von Frankreich endet in Lyon mit einem Sieg des deutschen Rennfahrers Christian Lautenschläger. Mit seinem Mercedes-Benz erreicht er eine Durchschnittsgeschwindigkeit von 105,431 km/h.

Sport

Der Australier Norman Brookes gewinnt das Endspiel um die offenen englischen Tennismeisterschaften in Wimbledon gegen den Neuseeländer Anthony F. Wilding. Die Damenkonkurrenz gewinnt wie im Vorjahr die Britin Dorothea Lambert-Chambers.

Politik

Britische Kriegsflotte verläßt Kiel: Ein anläßlich der Kieler Woche zu Besuch weilendes Geschwader der britischen Kriegsmarine tritt seine Rückreise in die Heimat an. Die Visite soll die vermeintlich guten deutsch-britischen Beziehungen unterstreichen.

Wetter

Sommerlich heiße Temperaturen sind bestimmend für den Juli 1914. Das langjährige Mittel von 18,3° C wird um 2,3° C überschritten.

Sonntag 4. Juli

Politik

Bürger müssen büßen: 130 Einwohner der von Deutschen besetzten französischen Stadt Roubaix werden in einem Gefangenenlager interniert. Grund für die Kollektivstrafe ist der Beschuß des deutschen Konsulats im Osmanischen Reich durch eine Einheit der französischen Marine. Außerdem weigern sich die örtlichen Fabrikbesitzer, für den Bedarf der deutschen Truppen zu produzieren.

Gesellschaft

Freiwilligenansturm in Großbritannien: Mehr als 67 000 gelernte Industriearbeiter haben sich bislang in den öffentlich ausliegenden Listen für den Einsatz in der Rüstungsindustrie registrieren lassen.

Gesellschaft

Lebensmittelrationierung in Ungarn: Per Erlaß wird der Kauf und Verkauf von Fleisch an Dienstagen und Freitagen verboten.

Wetter

Wenig Niederschlag kennzeichnet den Juli im Jahr 1915. Die Durchschnittstemperatur liegt bei 18,2° C und entspricht damit fast dem langjährigen Vergleichswert.

Dienstag 4. Juli

Gesellschaft

Kaiserenkel tritt in das Heer ein: Anläßlich seines 10. Geburtstages wird der preußische Prinz Wilhelm, der bei seiner Geburt als künftiger Kaiser Wilhelm IV. geführt wurde, Leutnant im 1. Preußischen Garderegiment zu Fuß in Berlin.

Die Herrenkleidung wird sportlicher. Dazu gehört der weiche Hut

Technik

Eine Verschärfung des U-Boot-Kriegs befürwortet der Chef der Hochseeflotte, Vizeadmiral Reinhard Scheer. In einer Denkschrift an Kaiser Wilhelm II. unterstreicht der Marineoffizier die angeblichen militärtaktischen Vorteile einer derartigen Vorgehensweise.

Politik

Ein erfolgreiches Vordringen deutscher Verbände an der Ostfront meldet bei Themacz der jüngste Heeresbericht.

Wetter

Relativ wenig Regen und eine mittlere Lufttemperatur von 17,7° C lassen das Wetter im Juli 1916 in angenehmer Erinnerung verbleiben.

Mittwoch 4. Juli

Gesellschaft

Margarethe Kupfer wird von einem Berliner Schwurgericht zu einer Haftstrafe von zwei Jahren, fünf Monaten und drei Tagen wegen schwerer, nichtöffentlicher Urkundenfälschung verurteilt. Der 35jährigen wurde vorgeworfen, Banken und private Geldgeber um mehrere Millionen Mark geprellt zu haben.

Politik

Debatte um Wahlrechtsreform: Bedingt durch die Aussage Wilhelms II. in der sog. Osterbotschaft, nach Kriegsende ein neues Wahlrecht in Preußen einzuführen, diskutiert der Reichstag in Berlin die Ablösung des bislang noch gültigen Dreiklassenwahlrechts in Preußen. Anders als im größten deutschen Staat gilt im Reich das allgemeine, gleiche und geheime Wahlrecht.

Das praktische Sportkleid für die Jagd und für Bergtouren

Wetter

Mit einer Durchschnittstemperatur von über 19° C und einer geringen Niederschlagsmenge zeigt sich der Juli 1917 von einer warmen und trockenen Seite.

Donnerstag 4. Juli

Rekorde 1910–1919

Schwimmen: H. Hebner (USA) – 1:20,8 min/ 100 m Rücken (1912)
100 m: Nina Popowa (RUS) – 13,1 sec (1913)
Hochsprung: C. Larson (USA) – 2,03 m (1917)
Speerwerfen: Jonni Myyrä (FIN) – 66,10 m (1919)

Politik

Österreich-Ungarn und die russische Sowjetrepublik tauschen in Berlin die Ratifikationsurkunden zum Friedensvertrag aus. Das Ende der Kampfhandlungen an der Ostfront beruht auf dem Friedensschluß von Brest-Litowsk im März des Jahres. Durch das Abkommen mit den Mittelmächten verliert die Sowjetrepublik 27 % des wirtschaftlich nutzbaren Landes und muß diverse ökonomische Auflagen erfüllen. Kaiser Wilhelm II. bezeichnet den militärischen Sieg »als einen der größten Erfolge der Weltgeschichte«.

Gesellschaft

Anläßlich des US-Nationalfeiertages weist Präsident Thomas Woodrow Wilson darauf hin, daß die USA die Einsetzung demokratischer Gesellschaftssysteme weltweit unterstützen werden.

Wetter

Das Wetter im Monat Juli des Jahres 1918 hat keine Besonderheiten. Die Lufttemperatur von 17,7° C liegt unter dem Durchschnitt von 18,3° C.

1919

Freitag 4. Juli

Sport

Neuer Weltmeister im Schwergewicht wird der US-Amerikaner Jack Dempsey. In Toledo besiegt er den bisherigen Titelträger Jess Willard, einen fast zwei Meter großen Farmer aus Kansas, durch K.o. Der 24jährige Dempsey ist in dem Kampf haushoch überlegen. So schlägt er den amtierenden Champion allein in den ersten 120 Sekunden siebenmal zu Boden – der Ringrichter beendet den »Kampf der Giganten« vor der vierten Runde.

Politik

Neuer Machthaber in Peru: Bei einem Militärputsch wird Präsident José Pardo y Barreda verhaftet und seines Amtes enthoben. Zum neuen Staatspräsidenten proklamieren die Aufständischen Augusto Bernardino Leguía, der eine »offene Diktatur« errichten will.

Preise in den Jahren 1910–1919

1 kg Butter	2,74
1 kg Mehl	1,90
1 kg Fleisch	3,00
1 Ei	0,13
1 l Vollmilch	0,25
10 kg Kartoffeln	3,30
Stundenlohn	0,66

in Mark, Stand 1913

Wetter

Kühle Temperaturen sind die Kennzeichen des Julis im Jahr 1919. Die mittlere Lufttemperatur liegt mit 16,1° C weit unter dem langjährigen Vergleichswert von 18,3° C. Die Niederschlagsmenge beträgt nur 34 mm.

1920-1929

Highlights des Jahrzehnts

1920

- Prohibition: Alkoholverbot in den USA
- NSDAP verabschiedet ihr Programm
- Kapp-Putsch scheitert
- Erstmals Salzburger Festspiele

1921

- Alliierte besetzen das Rheinland
- Hitler wird NSDAP-Vorsitzender
- Hormon Insulin entdeckt
- Rudolph Valentino wird Frauenidol
- Vertrag von Sèvres bedeutet Ende des Osmanischen Reichs

1922

- Hungersnot in Rußland
- »Deutschlandlied« wird zur Nationalhymne erklärt
- Mussolinis Marsch auf Rom
- Gründung der UdSSR
- Grab des Tutanchamun entdeckt
- Deutsch-russische Annäherung durch Vertrag von Rapallo
- Gründung der BBC
- Johnny Weissmuller stellt über 100 m Kraul den ersten seiner 67 Weltrekorde auf (58,6 sec)

1923

- Franzosen besetzen Ruhrgebiet
- Hitlers Putschversuch scheitert
- Währungsreform beendet Inflation im Deutschen Reich
- Die Türkei wird Republik

1924

- Erstmals Olympische Winterspiele
- Revolutionsführer Lenin stirbt
- Dawes-Plan lockert finanzielle Zwänge für Deutschland
- VIII.Olympische Spiele: Läufer Paavo Nurmi gewinnt 5 Goldmedaillen

1925

- Einparteiendiktatur in Italien
- Neugründung der NSDAP
- Hindenburg wird nach dem Tod Eberts Reichspräsident
- Europäische Entspannung durch Locarno-Pakt
- Joséphine Baker wird im Bananenröckchen zum Weltstar

1926

- Japans Kaiser Hirohito besteigt den Thron
- Militärputsch Pilsudskis in Polen
- Walt Disneys Mickey Mouse erblickt das Licht der Welt
- Deutschland im Völkerbund

1927

- Stalin entmachtet politische Gegner
- Charles Lindbergh überfliegt den Atlantik
- Uraufführung des Films »Metropolis« von Fritz Lang

1928

- Briand-Kellogg-Pakt zur Kriegsächtung unterzeichnet
- Alexander Fleming entdeckt das Penicillin
- »Dreigroschenoper« von Brecht und Weill uraufgeführt
- Erste Transatlantik-Fluglinie

1929

- Youngplan regelt Reparationen
- »Schwarzer Freitag« in New York löst Weltwirtschaftskrise aus
- Erste Oscar-Verleihung in Hollywood
- Antikriegs-Roman »Im Westen nichts Neues« von Erich Maria Remarque

◀ **Der Charleston erobert in den 20er Jahren weltweit die Tanzsäle**

Sonntag 4. Juli

Technik

Die Verbesserung der Infrastruktur ist das Thema einer Verkehrstagung in Leipzig. Zu den Teilnehmern zählen u. a. Vertreter der Handelskammern von Leipzig, Breslau, Frankfurt und München sowie Repräsentanten der Reichsbahn. Im Mittelpunkt der Diskussionen steht die Einrichtung einer Ost-West-Verbindung mit Anschluß an den internationalen Eisenbahnverkehr.

Stars der 20er Jahre

Buster Keaton
Filmschauspieler
Johnny Weissmuller
Schwimmer
Rudolph Valentino
Filmschauspieler
Joséphine Baker
Tänzerin
Charles Lindbergh
Flieger

Sport

»Big Bill« feiert Tennissieg: William T. Tilden gewinnt die offenen englischen Tennismeisterschaften von Wimbledon. Im Finale des Herreneinzels schlägt der US-Amerikaner den australischen Vorjahressieger Gerald Patterson in vier Sätzen. Der 23jährige ist damit zugleich der erste US-Amerikaner, der das Londoner Tennisturnier als Sieger beendet.

Wetter

Angenehme Temperaturen sind bestimmend für den Juli 1920. Mit durchschnittlichen 18,8° C liegt dieser Monat knapp über dem langjährigen Mittel.

Montag 4. Juli

Politik

Fiume-Frage stürzt italienische Regierung: Der Reformsozialist Ivanoe Bonomi wird neuer Ministerpräsident Italiens. Sein Vorgänger, Giovanni Giolitti, war am 27. Juni zurückgetreten, da er im italienischen Parlament keine ausreichende Mehrheit für seine Außenpolitik fand. Insbesondere der vertraglich festgelegte Verzicht Italiens auf die Adriastadt Fiume (Rijeka) führte zu innenpolitischen Spannungen. Gemäß des Friedensabkommens von St. Germain fällt Fiume an das Königreich der Serben, Kroaten und Slowenen, doch hatten italienische Freischärler die Stadt 1919 besetzt.

Gesellschaft

Gleichberechtigung stößt in Deutschland auf Grenzen: Nach kontroverser Diskussion lehnt der Rechtsausschuß des Reichstages in Berlin die Zulassung von Frauen zum Richteramt ab. Ein entsprechender Antrag auf Gleichstellung der Frauen im Bereich der Rechtspflege ist von den Fraktionen der SPD, USPD und KPD eingebracht worden.

Wetter

Sommerlich warm mit einer Durchschnittstemperatur von 19,1 °C und extrem trocken mit nur 20 mm Niederschlag zeigt sich der Juli 1921.

Dienstag 4. Juli

Politik

Gegen eine Rückkehr zur Monarchie und für ausreichende Gesetze zum Schutz der Republik protestieren überall im Deutschen Reich Hunderttausende von Menschen. Sie fordern die Annahme des Republikschutzgesetzes durch den Reichstag am 18. Juli. Ausgangspunkt für ein derartiges Gesetz ist die Ermordung des deutschen Außenministers Walther Rathenau am 24. Juni durch Rechtsextremisten.

Rekorde in den 20er Jahren

Schwimmen: J. Weissmuller (USA) – 58,6 sec/ 100 m Freistil (1922)
10 000 m: P. Nurmi (FIN) – 30:06,1 min (1924)
1500 m: O. Peltzer (GER) – 3:51,0 min (1926)
Kugelstoßen: Emil Hirschfeld (GER) – 16,04 m (1928)

Gesellschaft

Hochverräter in Bayern verurteilt: Das Münchener Volksgericht verurteilt Freiherr Hubert von Leoprechting wegen Spionage für Frankreich zu lebenslanger Zuchthausstrafe. Seine Aufgabe war es, eine territoriale Erweiterung Frankreichs im süddeutschen Raum durch politische Infiltration zu ermöglichen.

Wetter

Eine ungewohnt niedrige Durchschnittstemperatur und viel Niederschlag sind für den Juli 1922 kennzeichnend.

Mittwoch 4. Juli

Technik

Luxusliner auf Jungfernfahrt: Das bislang größte und luxuriöseste Passagierschiff der Welt, die »Leviathan«, verläßt den Hafen von New York mit Kurs auf Europa. Die ehemalige deutsche »Vaterland« wurde bei Kriegsausbruch von den Vereinigten Staaten in New York beschlagnahmt. Nach Kriegseinsätzen als amerikanisches Transportschiff dient der Dampfer jetzt nach umfangreichen Umbauten als »schwimmender Palast«.

Kultur

»Michael Bakunin und die Anarchie« von Ricarda Huch wird vom Insel Verlag in Leipzig veröffentlicht.

Sport

Boxweltmeister Jack Dempsey verteidigt seinen Titel im Schwergewicht: In Shelby im US-Bundesstaat Montana siegt er nach Punkten über seinen Landsmann Tom Gibbons.

Wetter

Wesentlich wärmer als im Vorjahr zeigt sich der Juli 1923. Die mittlere Lufttemperatur liegt mit 19,1° C deutlich über dem Normalwert.

Freitag 4. Juli

Politik

Robert Marion La Follette heißt der Präsidentschaftskandidat der neugegründeten Progressiven Partei. Mit großer Mehrheit einigen sich die Delegierten des Konvents auf den Senator aus Wisconsin. Im Kampf um das Weiße Haus, die Präsidentschaftswahlen der USA finden am 4. November statt, trifft er auf J. W. Davis (Demokraten) und den Amtsinhaber Calvin Coolidge (Republikaner), der die Wahl gewinnt.

Tiefe Taille und schmale Silhouette: Mode im Zeichen von Art déco

Gesellschaft

Oslo statt Kristiania: Das norwegische Parlament beschließt die Umbenennung seiner Hauptstadt zum 1. Januar 1925. Schon früher hieß die Stadt Oslo, bevor sie 1624 niederbrannte und nach dem Wiederaufbau durch den norwegisch-dänischen König Christian IV. den Namen Kristiania erhielt.

Wetter

Starke Regenfälle bestimmen das Wetter im Juli 1924. Der Niederschlagswert von 111 mm liegt weit über dem langjährigen Vergleichswert von 70 mm.

Samstag 4. Juli

Technik

Triumphzug für Roald Amundsen: Trotz seines mißlungenen Versuchs, den Nordpol mit dem Flugzeug zu erreichen, bereiten die Einwohner der norwegischen Stadt Horten dem Polarforscher einen begeisterten Empfang.

Kultur

Das Berliner Schiller-Theater glänzt mit einer neuen Uraufführung. Mit Begeisterungsstürmen bejubelt das Publikum die Premiere der Operette »Annemarie« von Jean und Robert Gilbert.

Vornehm und doch lässig: Burberry aus imprägniertem Baumwollstoff

Sport

René Lacoste gewinnt das Einzelfinale der Herren bei den Tennismeisterschaften von Wimbledon. In vier Sätzen schlägt er den Vorjahressieger Jean Borotra (beide Frankreich). Bei den Damen siegt zum sechsten Mal die Französin Suzanne Lenglen, die auch im Doppel und im Mixed gewinnt.

Wetter

Heiß und trocken ist das Klima im Juli 1925.

Sonntag 4. Juli

Anläßlich des 150. Jubiläums der amerikanischen Unabhängigkeitserklärung kommt in den USA eine Halbdollarmünze mit dem Bildnis des amtierenden Präsidenten Calvin Coolidge auf den Markt. Zum ersten Mal in der Geschichte der USA »verschönert« ein Bildnis eines Präsidenten der Vereinigten Staaten ein Geldstück.

Technik

Führende deutsche Architekten wie Walter Gropius oder Ludwig Mies van der Rohe gründen in Berlin die Architektenvereinigung »Der Ring«. Ziel des Zusammenschlusses ist es, internationale Kontakte zu knüpfen und die Architektur der Neuen Sachlichkeit weiterzuentwickeln.

Sport

Nationales Olympia eröffnet: In Köln gibt Oberbürgermeister Konrad Adenauer den Startschuß für die Zweiten Deutschen Kampfspiele.

Kultur

Fast eineinhalb Jahre nach dem Tod des italienischen Komponisten Giacomo Puccini findet in Dresden die deutsche Erstaufführung seiner letzten Oper »Turandot« statt.

Wetter

Trotz einer hohen Niederschlagsmenge ist der Juli 1926 sommerlich warm.

Montag 4. Juli

Sport

Bei den All-England-Tennismeisterschaften im Londoner Vorort Wimbledon dominieren die Franzosen und US-Amerikaner das sportliche Geschehen. Das Herreneinzel gewinnt der Franzose Henri Cochet relativ mühelos in vier Sätzen, im Finale des Dameneinzels siegt die US-Amerikanerin Helen Wills glatt in zwei Sätzen mit 6:2 und 6:4.

Sport

Fünf erste Plätze gewinnt das deutsche Team bei den Internationalen Englischen Leichtathletik-Meisterschaften in Stamford Bridge.

Gesellschaft

Eine enge Zusammenarbeit bei Hilfsaktionen nach Naturkatastrophen beschließen Vertreter aus 40 Staaten auf der Internationalen Katastrophenkonferenz in Genf.

Preise in den 20er Jahren

1 kg Butter	3,60
1 kg Mehl	0,50
1 kg Fleisch	2,50
1 Ei	0,20
10 kg Kartoffeln	0,80
Stundenlohn	0,93

in RM, Stand 1926
(ohne Inflationsjahre)

Wetter

Das Wetter im Juli 1927 ist ohne nennenswerte Besonderheiten. Die Durchschnittstemperatur liegt bei 19,0° C.

Mittwoch 4. Juli

Kultur

Gerüchte bestätigen sich, daß der Dirigent Otto Klemperer aufgrund der angespannten Finanzlage von der Geschäftsführung der Krolloper in Berlin zurücktritt. Nachfolger ist Ernst Legal vom Staatstheater Kassel. Klemperer wird dem Hause aber weiterhin als Musikdirektor zur Verfügung stehen.

Gesellschaft

Heftige Unwetter richten in Berlin und Oberschlesien schwere Verwüstungen an. Ein Orkan fegt mit einer Geschwindigkeit von über 70 km/h über die Hauptstadt hinweg. Insbesondere in den Stadtteilen Tiergarten und Grunewald entwurzelt er zahlreiche Bäume und trägt eine Reihe von Häuserdächern ab. Auf dem Flughafen Tempelhof bringen die Böen eine Flugzeughalle zum Einsturz und zerstören drei Flugzeuge. Mehrere Menschen werden z. T. schwer verletzt, die Rettungsmannschaften sind pausenlos im Einsatz. In Oberschlesien fordert das Unwetter zehn Todesopfer, die Sachbeschädigungen betreffen vor allem Industrieanlagen.

Wetter

Eine im Durchschnitt geringe Niederschlagsmenge und eine durchschnittliche Lufttemperatur von 18,6° C kennzeichnen das Wetter im Juli 1928.

Donnerstag 4. Juli

Gesellschaft

Unter Rufen wie »Deutschland erwache« demonstrieren nationalistisch orientierte Studentenvereinigungen auf dem Opernplatz in Berlin. Die Jungakademiker setzen sich ein »für akademische Freiheit, gegen die Freiheitsberaubung der Hochschulen« – wie sie sie verstehen.

Gesellschaft

Infolge Unachtsamkeit und übermäßigen Alkoholgenusses verlieren 159 US-Bürger am Unabhängigkeitstag ihr Leben. Allein 70 werden bei Autounfällen getötet.

Kultur

Hollywood platzt aus allen Nähten. Zahllose Revuegirls strömen vom New Yorker Broadway nach Kalifornien und erhoffen sich hier den großen Durchbruch. Den Filmgesellschaften kann der Andrang nur willkommen sein, denn Revuetruppen sind Grundvoraussetzung für eine erfolgreiche Produktion.

Wetter

Der Juli des Jahres 1929 weist keine klimatischen Besonderheiten auf.

1930-1939

Highlights des Jahrzehnts

1930

- Mahatma Gandhi startet Salzmarsch
- Marlene Dietrich avanciert im Film »Der Blaue Engel« zum Weltstar
- Uruguay wird erster Fußballweltmeister
- Max Schmeling durch Disqualifikationssieg Boxweltmeister im Schwergewicht

1931

- Spanien wird Republik
- Vorführung des Ganzmetallflugzeugs »Ju 52« (»Tante Ju«)
- Empire State Building höchstes Gebäude der Welt
- Mafia-Boß Al Capone hinter Gittern

1932

- Staatsstreich in Preußen
- Wahlsieg der NSDAP
- Chaco-Krieg um Erdöl zwischen Bolivien und Paraguay
- Proklamation des Staates Saudi-Arabien

1933

- Adolf Hitler zum Reichskanzler ernannt
- Reichstagsbrand in Berlin
- Ermächtigungsgesetz in Kraft
- Deutsche Studenten verbrennen »undeutsche« Literatur

1934

- Nationalsozialistischer Volksgerichtshof gegründet
- »Röhm-Putsch« niedergeschlagen
- Mord an Bundeskanzler Dollfuß – Ende der 1. Republik Österreich
- Maos Kommunisten in China auf dem »Langen Marsch«

1935

- Judenverfolgung mit sog. Nürnberger Gesetzen
- Italien marschiert in Äthiopien ein
- Porsche baut Prototyp für VW »Käfer«
- Deutsch-britisches Flottenabkommen

1936

- Beginn des Spanischen Bürgerkriegs
- Volksfrontregierung in Frankreich
- Ausstellung »Entartete Kunst«
- XI. Olympische Spiele in Berlin zur NS-Propaganda genutzt
- Margaret Mitchell veröffentlicht »Vom Winde verweht«
- Schauprozesse in der UdSSR

1937

- Krieg zwischen Japan und China
- Georg VI. in London gekrönt
- Zeppelin LZ »Hindenburg« explodiert in Lakehurst
- Niederländische Kronprinzessin Juliana heiratet Prinz Bernhard

1938

- »Anschluß« Österreichs ans Deutsche Reich
- Münchner Abkommen soll Hitler bezähmen
- Terror gegen Juden in der »Reichskristallnacht«
- Otto Hahn gelingt erste Atomspaltung

1939

- Deutsche Truppen marschieren in Prag ein
- Hitler-Stalin-Pakt
- Beginn des Zweiten Weltkrieges

◀ **Gewaltfreiheit als Prinzip: Mahatma Gandhi auf seinem »Salzmarsch« (1930)**

1930

Freitag 4. Juli

Preise in den 30er Jahren

1 kg Butter	2,96
1 kg Mehl	0,47
1 kg Fleisch	1,60
1 l Vollmilch	0,23
1 Ei	0,10
10 kg Kartoffeln	0,90
1 kg Kaffee	5,33
Stundenlohn	0,78

in RM, Stand 1934

Technik

Weltrekord im Dauerfliegen: Nach 554 Stunden in der Luft landen die beiden Brüder Kenneth und Albert Hunter mit ihrem Flugzeug »City of Chicago« auf dem Chicagoer Flughafen. Mit dieser technischen und körperlichen Meisterleistung stellen sie eine neue Bestmarke im Dauerfliegen auf. Der bislang gültige Rekord lag bei 125 Stunden.

Politik

Der thüringische Bildungs- und Innenminister Wilhelm Frick (NSDAP) bleibt weiter im Amt. Ein von Sozialdemokraten, Kommunisten und Demokraten eingebrachter Mißtrauensantrag scheitert im thüringischen Landesparlament knapp. Dem Nationalsozialisten war u. a. vorgeworfen worden, daß er die thüringische Polizei von republikanisch gesinnten Beamten »säubert«.

Wetter

Der Regenschirm gehört zum festen Bestandteil der Kleidung im Juli 1930. Die Niederschlagsmenge von 191 mm liegt fast zwei Drittel über dem langjährigen Mittelwert.

Samstag 4. Juli

Technik

Die Internationale hochalpine Forschungsstation auf dem Jungfraujoch wird in den Berner Alpen mit einem Festakt im schweizerischen Interlaken ihrer Bestimmung übergeben. Der Stiftung zur Erforschung der kosmischen Strahlung gehören wissenschaftliche Einrichtungen u. a. aus Belgien, Frankreich, Großbritannien und dem Deutschen Reich an.

Kultur

Mit einer Aufführung der Oper »Figaros Hochzeit« von Wolfgang Amadeus Mozart schließt die Krolloper am Platz der Republik in Berlin ihre Pforten. Nach Auffassung der Landesbehörden ist der Erhalt der Krolloper aus finanziellen Gründen nicht weiter möglich. Einem entsprechenden Antrag gab der preußische Landtag Ende März seine Zustimmung.

Wetter

Mit einer Durchschnittstemperatur von 18,5° C ist der Juli 1931 sommerlich warm. Regen trübt die Sommerfreude an manchen Tagen.

Rekorde in den 30er Jahren

200 m: J. Carlton (AUS) – 20,6 sec (1932)
Weitsprung: Jesse Owens (USA) – 8,13 m (1935)
Weitsprung: Erika Junghans (GER) – 6,07 m (1939)
400 m: Rudolf Harbig (GER) – 46,0 sec (1939)

Montag 4. Juli

Sport

Einen Weltrekord über 400 m Hürden stellt der Leichtathlet Morgan Taylor (USA) auf. Bei einem nationalen Wettkampf in Philadelphia benötigt er für die Strecke 52,0 sec.

Technik

Neue Autobusse im Vereinigten Königreich: Die britischen Verkehrsgesellschaften führen jetzt Omnibusse ein, die sowohl auf der Straße, als auch auf Schienen fahren können. Die »Multitalente« erreichen im Straßenbetrieb eine Höchstgeschwindigkeit von 96 km/h, auf der Schiene sind sie 120 km/h schnell.

In Westaustralien werden die seit 49 Tagen vermißten deutschen Piloten Hans Bertram und Werner Klaußmann von einem Suchtrupp der Polizei lebend aufgefunden. Die beiden Flugpioniere waren im April in Berlin zu einem Flug um die Welt aufgebrochen. Über der Timorsee gerieten sie mit ihrer Junkers in schweres Unwetter.

Technik

Den Bau von Autobahnen als Arbeitsbeschaffungsmaßnahme beschließt das Mussoliniregime in Rom.

Wetter

Heiß und trocken ist der Juli des Jahres 1932. Die mittlere Lufttemperatur liegt bei 19,9° C.

Dienstag 4. Juli

Politik

Die Zerschlagung der Weimarer Parteien setzt sich fort. Für die 1918 gegründete Bayerische Volkspartei erklärt der frühere Staatsminister Eugen Graf von Quandt zu Wykradt und Isny die Selbstauflösung, auch die Deutsche Volkspartei gibt ihre Auflösung bekannt.

Stars der 30er Jahre

Louis Armstrong
Trompeter
Marlene Dietrich
Filmschauspielerin
Greta Garbo
Filmschauspielerin
Fred Astaire
Tänzer/Schauspieler
Sonja Henie
Eiskunstläuferin

Gesellschaft

Greueltat in Königslutter: Wegen angeblicher Mitschuld am Tod eines SS-Mannes in Braunschweig ermordet die SS zehn in Schutzhaft genommene Arbeiter.

Politik

Der Industrielle Fritz Thyssen übernimmt den Vorsitz des Langnam-Vereins. Neuer Führer des Hansabundes für Gewerbe, Handel und Industrie wird der Nationalsozialist Hans Peter Danielcik.

Wetter

Mit einer mittleren Lufttemperatur von 19,2° C und einer Niederschlagsmenge von 79 mm zeigt der Juli 1933 sich von seiner angenehmen Seite.

Mittwoch 4. Juli

Technik

Die zweifache Nobelpreisträgerin Marie Curie stirbt im Alter von 66 Jahren in Sancellemoz (Savoyen). Die aus Polen stammende Chemikerin und Physikerin entdeckte 1898 die Radioaktivität des Thoriums und mit ihrem Mann Pierre die radioaktiven Elemente Polonium und Radium. 1903 erhielt das Forscherpaar den Nobelpreis für Physik; 1911 erhielt Marie Curie den Nobelpreis für Chemie. Seit 1914 leitete die Wissenschaftlerin das Institut du radium in Paris.

Gesellschaft

Arbeitslosenprotest in Amsterdam und Rotterdam: Bei den blutigen Auseinandersetzungen zwischen Polizei und Demonstranten, die sich z.T. zu Barrikadenkämpfen entwickeln, werden mehrere Menschen getötet. Die bis zum 11. Juli andauernden Proteste sind von der Kommunistischen Partei organisiert und richten sich gegen die Herabsetzung der Arbeitslosenunterstützung. Die Polizei setzt Panzerwagen und Maschinengewehre ein.

Wetter

Sommerlich heiß ist der Juli 1934. Mit 19,6° C liegt seine Durchschnittstemperatur weit über dem langjährigen Mittelwert.

Donnerstag 4. Juli

Gesellschaft

Als »Ausdruck des Danks an den Führer« wird die Parteienfinanzierung der deutschen Industrie für die NSDAP bezeichnet. Säumige Zahler werden in einem Rundschreiben des Kuratoriums »Adolf-Hitler-Spende« noch einmal aufgefordert, drei Promille der 1934 ausgegebenen Lohn- und Gehaltssumme als Spende an die NSDAP abzuführen. Diese Form der Parteienfinanzierung wurde im Frühjahr 1933 beschlossen.

Politik

Das deutsch-polnische Verhältnis stand im Mittelpunkt des zweitägigen Besuchs des polnischen Außenministers Jósef Beck in Berlin, der heute endet. Die beiden Nachbarländer haben 1934 einen Nichtangriffspakt geschlossen. Mit diesem Schachzug wollte Hitler die deutsche Ostgrenze gegen die Sowjetunion sichern und im Westen seine »Friedensliebe« beweisen, um ungestört aufrüsten zu können. Seine Expansionspläne im Osten behält der Diktator weiterhin im Auge.

Wetter

Wenig Regen und eine angenehme Durchschnittstemperatur von 18,8° C sind für das Wetter im Juli 1935 bestimmend.

Samstag 4. Juli

Gesellschaft

Abstimmung ist unmoralisch: Adolf Hitler spricht im Weimarer Nationaltheater über die Aufgaben und die Struktur der Partei. Das oberste Prinzip der Bewegung, so Hitler, bestehe in der altgermanischen Demokratie. Dies bedeute, daß über klare politische Ausgangslagen sowie Zielvorgaben zum Wohle des deutschen Volkes nicht abgestimmt werden müsse.

Sport

Wenig Glück für deutsches Tennis-As: Nach drei hartumkämpften Sätzen und zwei Stunden Spielzeit verliert Hilde Sperling-Krahwinkel das Endspiel der Damen im Tennisturnier von Wimbledon gegen die US-Amerikanerin Helen Jacobs.

Gesellschaft

Unruhen in Palästina: Vertreter der in Palästina ansässigen Ausländer unterbreiten der britischen Mandatsmacht einen Vorschlag zur Beilegung des seit April eskalierenden Konflikts zwischen Arabern und Juden.

Wetter

Das Wetter im Juli 1936 ist wenig spektakulär.

1937

Sonntag 4. Juli

Technik

Fünf Flug-Weltrekorde stellt in Bremen der von Heinrich Focke konstruierte Hubschrauber Fw 61 auf. So erreicht der mit zwei Rotoren ausgestattete Helikopter u. a. eine Flughöhe von 2500 m und eine Durchschnittsgeschwindigkeit über die 20-km-Strecke von 122,553 km/h. Auch im Dauerflug wird eine neue Bestmarke mit 1:20:49,89 Stunden aufgestellt.

Sport

Beim Motorradpreis von Europa in Bern gewinnen deutsche Piloten die Seitenwagenkonkurrenz. In der 600 cm^3-Klasse siegt Karl Braun auf Auto-Union/DKW, die 1000 cm^3-Klasse dominiert Hans Schumann ebenfalls auf Auto-Union/DKW.

Politik

Gegen die Verfolgung von geistlichen Würdenträgern im Deutschen Reich protestiert der Münchener Kardinal Michael von Faulhaber.

Wetter

Normalwerte sind die Kennzeichen des Julis 1937. Seine mittlere Lufttemperatur beträgt bei einer Niederschlagsmenge von 80 mm 18,1° C.

Montag 4. Juli

Figurbetonte Eleganz in den 30er Jahren: Kostüm aus Wollstoff mit Lederpaspeln

Kultur

Sigmund Freud wird im Exil in London für seine wissenschaftlichen Verdienste geehrt und in die Royal Society aufgenommen.

Politik

Sudetenfrage spitzt sich zu: Der Führer der Sudetendeutschen Partei, Konrad Henlein, erklärt auf der Abschlußveranstaltung des viertägigen Festes aller Deutschen im tschechoslowakischen Komotau, der Wille der Sudetendeutschen zum Anschluß an das Reich sei ungebrochen.

Gesellschaft

Im Gebiet der trockengelegten Pontinischen Sümpfe ruft der Duce Mussolini, auf einer Dreschmaschine stehend, die anwesenden Landarbeiter zu verstärktem Arbeitseinsatz zum Wohle Italiens auf.

Wetter

Warm und trocken ist der Juli 1938, mit einer mittleren Lufttemperatur von 18,8° C und einer Niederschlagsmenge von nur 51 mm.

Dienstag 4. Juli

Politik

Die im Deutschen Reich lebenden Juden werden auf Grundlage der zehnten Verordnung zum Reichsbürgergesetz in einer Reichsvereinigung zusammengeschlossen. Die neue Regelung ersetzt die bisherige Reichsvertretung und hat vor allem das Ziel, die Auswanderung der in Deutschland lebenden Juden zu fördern.

Gesellschaft

Ziviler Kriegsschutz – Krieg wirft seine Schatten voraus: Um eine rasche und zügige Evakuierung der eidgenössischen Bevölkerung im Kriegsfall zu gewährleisten, erläßt das schweizerische Militärdepartement mehrere Verwaltungsanordnungen.Die britische Regierung läßt 15 Mio. Exemplare einer Broschüre mit dem Titel »Über einige Dinge, die man wissen muß, wenn Krieg kommen sollte«, an die Bevölkerung verteilen.

Der Herr liebt es eher klassisch: Sommersakko aus hellem Fischgrät

Wetter

Einzig die etwas erhöhte Niederschlagsmenge von 80 mm macht den Juli 1939 klimatisch auffällig.

1940-1949

Highlights des Jahrzehnts

1940

- Deutscher Luftkrieg gegen Großbritannien
- Beginn der Westoffensive
- Winston Churchill neuer britischer Premierminister

1941

- Schottlandflug von Rudolf Heß
- Deutscher Überfall auf die Sowjetunion
- Japan greift Pearl Harbor an – Kriegseintritt der USA
- »Citizen Kane« von Orson Welles in den Kinos

1942

- Wannsee-Konferenz beschließt Judenvernichtung
- 6. Armee in Stalingrad eingeschlossen
- Beginn alliierter Luftangriffe auf deutsche Städte
- »Casablanca« mit Ingrid Bergman und Humphrey Bogart uraufgeführt

1943

- Goebbels propagiert den »totalen Krieg«
- Ende der Widerstandsgruppe »Weiße Rose«
- Aufstand im Warschauer Ghetto scheitert

1944

- Alliierte landen in der Normandie
- Stauffenberg-Attentat auf Hitler scheitert
- Charles de Gaulle wird Staatschef Frankreichs
- US-Präsident Franklin D. Roosevelt zum dritten Mal wiedergewählt

1945

- KZ Auschwitz befreit
- Bedingungslose Kapitulation Deutschlands
- Vereinte Nationen gegründet
- Beginn der Potsdamer Konferenz
- US-Atombomben zerstören Hiroschima und Nagasaki

1946

- Gründung der SED
- Nürnberger NS-Prozesse
- US-Atombombentests im Südpazifik
- Hilfe durch Care-Pakete aus den USA
- Französischer Kolonialkrieg in Vietnam

1947

- Marshallplan-Hilfe für Europa
- Indien feiert Unabhängigkeit von Großbritannien
- GATT regelt den Welthandel
- Thor Heyerdahls »Kon-Tiki«-Expedition erfolgreich

1948

- Mahatma Gandhi ermordet
- Währungsreform in Ost und West
- UdSSR verhängt Berlin-Blockade
- Staatsgründung Israels
- Korea gespalten
- UNO-Menschenrechtsdeklaration

1949

- Gründung der NATO
- Grundgesetz für die Bundesrepublik Deutschland verkündet
- Konrad Adenauer erster Bundeskanzler
- Proklamation der Deutschen Demokratischen Republik
- Chinesische Revolution

◀ **Charlie Chaplin als »Großer Diktator« (1940)**

Donnerstag 4. Juli

Politik

Prodeutsche Regierung in Rumänien: In Rumänien wird die Bildung eines neuen Kabinetts bekanntgegeben. Die jetzt amtierende deutschfreundliche Regierung steht unter dem Vorsitz des bisherigen Außenministers Ion Gigurtu.

Gesellschaft

Die nächtlichen Bombenangriffe der Royal Air Force auf Städte in West- und Nordwestdeutschland gehen unvermindert weiter. Da die Briten aber nur in kleinen Verbänden attackieren, hält sich der Sachschaden in Grenzen. Im Gegenzug verstärkt die Wehrmacht jedoch die Luftangriffe gegen Großbritannien. Nach den raschen Erfolgen gegen Dänemark und Norwegen, dem Überfall auf die Niederlande und Belgien sowie dem Waffenstillstand mit Frankreich steht nun Großbritannien auf dem Angriffsplan. Trotz massiver Bombardierungen im August gelingt es den deutschen Fliegern jedoch nicht, die Luftherrschaft über Großbritannien zu erringen.

Wetter

Etwas kühl ist der Juli 1940. Seine Durchnittstemperatur liegt mit 17,8° C knapp unter dem langjährigen Mittel von 18,3° C.

Freitag 4. Juli

Gesellschaft

Tito erklärt Partisanenkrieg: Die Kommunistische Partei Jugoslawiens unter ihrem Generalsekretär Josip Broz Tito beschließt, mit einem bewaffneten Aufstand die deutsche Besetzung ihres Landes rückgängig zu machen. Titos Aufruf zum Partisanenkrieg zeigt unmittelbar Erfolg. Am 7. Juli beginnt der Aufstand in Serbien, am 15. Juli in Montenegro, am 22. Juli in Slowenien und am 27. Juli in Kroatien, Bosnien und der Herzegowina. Die deutsche Wehrmacht hat im April ohne Kriegserklärung Jugoslawien angegriffen und Belgrad eingenommen und reagiert mit Massenerschießungen. Nach der Zerschlagung Jugoslawiens proklamieren die Achsenmächte den Staat Kroatien, wo der rechtsradikale Ante Pavelić Konzentrationslager für Serben, Juden und Moslems einrichtet.

Preise in den 40er Jahren

1 kg Butter	3,50
1 kg Mehl	0,45
1 kg Fleisch	1,60
1 l Vollmilch	0,26
1 Ei	0,12
10 kg Kartoffeln	1,00
1 kg Zucker	0,76
Stundenlohn	0,81

in RM, Stand 1943

Wetter

Heiß und extrem trocken zeigt sich der Juli (9,54 mm Niederschlag). Mit einer Sonnenscheindauer von 271,1 Stunden liegt er weit über dem langjährigen Vergleichswert von 242 Stunden.

Samstag 4. Juli

Politik

Mit der Einnahme der Halbinsel Chersones befindet sich die gesamte Krim in den Händen der deutschen 11. Armee. 97 000 sowjetische Soldaten geraten in Gefangenschaft.

Kultur

Die Große Deutsche Kunstausstellung wird von Propagandaminister Joseph Goebbels im Münchener Haus der Deutschen Kunst eröffnet. Insgesamt werden 1254 Werke von 680 Künstlern präsentiert, die als Beispiele für die nationalsozialistische Kunstauffassung gelten. Die Kunst der Moderne wird als »entartet« verfemt.

Gesellschaft

Unter dem Motto »New York im Krieg« rollt zehn Stunden lang ein aus vielen hundert Wagen bestehender Umzug durch die Fifth Avenue in New York. Die mehr als 500 000 Teilnehmer der Parade werben für internationale Solidarität im Kampf gegen Hitler-Deutschland und seine Verbündeten.

Wetter

Regnerisch und etwas zu kalt zeigt sich der Juli 1942 mit einer mittlere Lufttemperatur von 17,2° C.

Sonntag 4. Juli

Politik

»Zitadelle« soll Wende bringen: Am Vorabend der letzten deutschen Großoffensive an der Ostfront erläßt Hitler einen Tagesbefehl, in dem er noch einmal darauf hinweist, daß der Schlag der deutschen Streitkräfte von entscheidender Bedeutung sei und eine Wendung des Kriegsverlaufs herbeiführen müsse. Am 13. Juli wird das Angriffsunternehmen wegen zu starker sowjetischer Gegenwehr auf Befehl Hitlers abgebrochen.

Gesellschaft

Bei einem Flugzeugabsturz in der Nähe von Gibraltar stirbt der Führer der polnischen Exilregierung in London, General Wladyslaw Eugeniusz Sikorski.

Gesellschaft

Mit allen Kräften gegen den Sieg der Alliierten: Die italienische Regierung ordnet an, daß die auf acht Stunden begrenzte Arbeitszeit pro Tag bei Bedarf um zwei Stunden verlängert werden kann.

Wetter

Sehr warm ist der Juli 1943. 261 Sonnenstunden gestalten den Alltag etwas freundlicher.

Dienstag 4. Juli

Politik

Hitler-Gegner verhaftet: Julius Leber und Adolf Reichwein, zwei führende Vertreter des sozialdemokratischen Widerstandes in Deutschland, werden von der Geheimen Staatspolizei (Gestapo) verhaftet. Am 20. Oktober verurteilt der Volksgerichtshof sie zum Tode.

Rekorde in den 40er Jahren

5000 m: G. Hägg (SWE) – 13:58,2 min (1942)
Hochsprung: Fanny Blankers-Koen (HOL) – 1,71 m (1943)
Marathon: Suh Yun Bok (KOR) – 2:25:39 h (1947)
Speerwerfen: Natalia Smirnizkaja (URS) – 53,41 m (1949)

Technik

Schweres Explosionsunglück in der dänischen Stadt Århus: Die Katastrophe ereignet sich, als an Bord eines im Hafen liegenden deutschen Munitiontransporters eine Detonation stattfindet und das ganze Schiff in die Luft gesprengt wird. Die Explosion geht vermutlich auf das Konto einer dänischen Widerstandsgruppe. Mehr als 80 Menschen kommen bei dem Unglück ums Leben, etwa 300 Personen werden z. T. schwer verletzt. Durch die Druckwelle werden auch der Dom und das Rathaus im Zentrum der Stadt stark beschädigt.

Wetter

Der Juli des Jahres 1944 ist ohne klimatische Besonderheiten.

Mittwoch 4. Juli

Kultur

»Kulturbund« gegründet: Im Berliner Haus des Rundfunks im Stadtteil Charlottenburg findet die konstituierende Sitzung des »Kulturbundes zur demokratischen Erneuerung Deutschlands« statt. Zum ersten Vorsitzenden wird der Dichter Johannes R. Becher gewählt.

Politik

Der Abzug britischer und US-amerikanischer Truppen aus Mitteldeutschland ist abgeschlossen. Gemäß den alliierten Vereinbarungen fällt dieses Gebiet nun als Besatzungszone der Sowjetunion zu, im Gegenzug rücken Einheiten der Vereinigten Staaten und Großbritanniens in die ihnen zugewiesenen Sektoren Berlins ein.

Politik

Die provisorische Regierung Österreichs unter Karl Renner wird von den Alliierten anerkannt. Gleichzeitig beschließen die Siegermächte die Aufteilung Österreichs in Besatzungszonen und die Wiederherstellung der Landesgrenzen von 1937.

Wetter

Ohne besonderen Auffälligkeiten ist der Juli 1945.

Donnerstag 4. Juli

Politik

Die Unabhängigkeit der Philippinen wird im Namen des US-Präsidenten Harry S. Truman vom Hochkommissar der Philippinen, Paul MacNutt, proklamiert. Damit endet nach fast 50 Jahren die Oberhoheit der USA über das südpazifische Inselreich. In einer feierlichen Ansprache erklärt der erste philippinische Staatspräsident, Manuel Roxas, daß sein Land weiterhin an der Seite Amerikas stehen werde.

Stars der 40er Jahre

Humphrey Bogart
Filmschauspieler
John Wayne
Filmschauspieler
Katharine Hepburn
Filmschauspielerin
Hans Albers
Filmschauspieler
Joe Louis
Boxer

Gesellschaft

Jetzt Kaliningrad: Auf Beschluß des Obersten Sowjets der UdSSR werden die Stadt Königsberg in Kaliningrad und der Nordteil Ostpreußens in Gebiet Kaliningrad umbenannt. Die ehemalige deutsche Stadt wurde am 9. April 1945 von der Roten Armee besetzt. Nach dem Potsdamer Abkommen fiel Nord-Ostpreußen an die UdSSR.

Wetter

Hochsommerliche Temperaturen von durchschnittlich 20,7° C bei nur 37 mm Niederschlag bringen Deutschland ins Schwitzen.

Freitag 4. Juli

Technik

Das »fliegende Weiße Haus« wird der Öffentlichkeit vorgestellt. Das Flugzeug vom Typ Dakota 6 mit dem Namen »Independence« kostet rund 1 Mio. US-Dollar und wird allen Ansprüchen an einen mobilen Regierungssitz gerecht.

Sport

In Wimbledon gewinnt der US-Amerikaner Jack Kramer das Endspiel im Herreneinzel gegen seinen Landsmann Tom Brown.

Politik

Indien soll geteilt werden: Der britische Premierminister Clement Attlee legt dem Unterhaus in London ein Gesetz vor, das die Bildung zweier neuer Dominions auf dem indischen Subkontinent beinhaltet. Im August erhalten die hinduistische Indische Union und das moslemische Pakistan, das aus einem West- und Ostteil (heute Bangladesch) besteht, die Unabhängigkeit.

Wetter

Der Juli 1947 ist sommerlich warm. Bei einer mittleren Temperatur von 18,9° C bringen einige wenige Regenfälle zumindest teilweise Abkühlung.

Sonntag 4. Juli

Das Extravagante an diesem Sommerkleid – der mit Tapeziernägeln besetzte Gürtel

Technik

Luftbrücke immer besser organisiert: Die britische Luftwaffe setzt erstmals Wasserflugzeuge vom Typ Sunderland zur Versorgung des blockierten Berlins ein. Somit stehen insgesamt 269 britische und 314 US-amerikanische Transportmaschinen zur Verfügung. Die Blockade aller Verkehrswege von und nach Berlin durch die Sowjets ist eine Reaktion auf die Währungsreform in den westlichen Besatzungszonen im Juni 1948. Erst im Mai 1949 werden die Sperrungen aufgehoben.

Politik

Durch bilaterale Abkommen zwischen den Vereinigten Staaten von Amerika und einigen europäischen Ländern soll die Marshallplan-Hilfe umgesetzt werden. Entsprechende Rahmenverträge für die Teilnahme an dem europäische Wiederaufbauprogramm werden unterzeichnet.

Wetter

Bei einer mittleren Lufttemperatur von 18,0° C läßt der Juli sich in diesem Jahr gut ertragen.

Montag 4. Juli

Kultur

Die in Recklinghausen stattfindenden Ruhrfestspiele treffen auf starkes Besucherinteresse. Die Vorstellungen im Bereich des Sprech- und Musiktheaters sind in der Regel ausverkauft. Als besonders publikumswirksam erweisen sich das Shakespeare-Stück »Viel Lärm um Nichts« und das Brecht-Drama »Herr Puntila und sein Knecht Matti«. Die Festspiele wurden 1947 von den Gewerkschaften und der Stadt Recklinghausen gegründet.

Gesellschaft

Jeder Dritte ohne eigenes Bett: Nach einer Umfrage des Bielefelder Marktforschungsinstituts EMNID hat jeder dritte Einwohner der Westzonen Deutschlands kein eigenes Bett als Schlafstelle zur Verfügung. 32,2% der Befragten müssen mit einer behelfsmäßigen Übernachtungsgelegenheit auskommen.

Das Modemagazin »Esquire« stellt diese Abendmode für den Herrn vor

Wetter

Geringer Niederschlag und eine angenehme Durchschnittstemperatur von 18,7° C (langjähriger Mittelwert: 18,3° C) sind die Kennzeichen des Julis im Jahr 1949.

1950–1959

Highlights des Jahrzehnts

1950

- Ausbruch des Koreakrieges
- Abschaffung der Lebensmittelmarken in Deutschland

1951

- Debatte um die Wiederaufrüstung Deutschlands
- Skandal um Hildegard Knef als »Sünderin«
- Erster Schritt zur europäischen Einigung: Montanunion perfekt
- Der persische Schah Mohammed Resa Pahlewi heiratet Soraya

1952

- Helgoland wieder unter deutscher Verwaltung
- Staatsstreich in Ägypten
- DDR riegelt Grenze ab
- Dwight D. Eisenhower wird zum 34. US-Präsidenten gewählt
- USA zünden Wasserstoffbombe
- In Deutschland bricht das Fernsehzeitalter an

1953

- Tod des sowjetischen Diktators Josef Stalin
- Volksaufstand in der DDR
- Elisabeth II. zur Königin von Großbritannien und Nordirland gekrönt
- Mount Everest: Höchster Berg der Welt bezwungen

1954

- Französische Niederlage in Vietnam
- Deutschland wird in Bern Fußballweltmeister
- Beginn des Algerienkrieges
- Mit »That's alright Mama« beginnt der Aufstieg von Elvis Presley

1955

- Die Bundesrepublik wird ein souveräner Staat
- Gründung des Warschauer Paktes
- Tragischer Tod von James Dean
- Erste »documenta«

1956

- Traumhochzeit von Grace Kelly und Rainier III. von Monaco
- Volksaufstand in Ungarn
- Suezkrise führt zu Nahostkrieg
- Musical »My Fair Lady« beginnt seinen Siegeszug um die Welt

1957

- Gründung der EWG
- »Sputnik-Schock« bildet Auftakt zu Wettlauf im All
- Heinz Rühmann als »Hauptmann von Köpenick« gefeiert
- Erste Massenimpfung gegen Kinderlähmung

1958

- De Gaulle und Adenauer begründen deutsch-französische Freundschaft
- Rock 'n' Roll-Fieber grassiert weltweit
- Pelé – Star der Fußballweltmeisterschaft in Schweden
- Atomium ist Wahrzeichen der Weltausstellung in Brüssel

1959

- Fidel Castro übernimmt die Macht in Kuba
- Hula-Hoop-Welle schwappt aus den USA nach Europa
- Premiere des Marilyn-Monroe-Films »Manche mögen's heiß«
- Erste Bilder von der Rückseite des Mondes

◀ **Marilyn Monroe singt für US-Soldaten im Koreakrieg (1954)**

Dienstag 4. Juli

Kultur

»Mit spitzen Federn in die brütenden Hirne der Menschen hineinzustoßen und Licht zu schaffen« – so umreißt Ministerpräsident Otto Grotewohl die Aufgaben der Autoren in einer Grußadresse zur Eröffnung des zweiten Schriftstellerkongresses der DDR in Berlin (Ost). Geleitet wird die mehrtägige Veranstaltung vom Präsidenten des »Kulturbundes«, Johannes R. Becher.

Politik

UdSSR gibt USA Schuld an Koreakrieg: Der stellvertretende sowjetische Außenminister Andrei Gromyko verbreitet über die amtliche sowjetische Nachrichtenagentur TASS, daß nach Einschätzung des Kremls der Krieg aus einem provokatorischen Überfall von südkoreanischen Truppen auf Grenzbezirke der nordkoreanischen Republik am 25. Juni resultiere. Drahtzieher des Angriffs seien die USA. Die Kämpfe um Korea enden 1953, ohne daß es zu wesentlichen Änderungen am Status quo des geteilten Landes kommt.

Wetter

Mit 229 Sonnenscheinstunden und 91 mm Niederschlag herrscht im Juli 1950 schlechteres Wetter als im langjährigen Mittel.

1951

Mittwoch 4. Juli

Technik

Auf der Zeche Radbod in Bockum-Hövel (bei Hamm) wird der modernste Schacht des Ruhrgebietes in Betrieb genommen. Er ist 1100 m tief und ermöglicht eine tägliche Fördermenge von 4000 t Kohle.

Gesellschaft

Gegen eine Aufrüstung um jeden Preis: Im Verlauf des zweiten Weltkongresses des Internationalen Bundes der freien Gewerkschaften in Mailand bekräftigen die Vertreter aus 53 Staaten den einhelligen Grundsatz, daß nationale Verteidigungsanstregungen kein Vorwand für arbeitsrechtlich fragwürdige oder gar unsoziale Maßnahmen sein dürfen. Die deutsche Delegation steht unter der Leitung des DGB-Vorsitzenden Christian Fette.

Preise in den 50er Jahren

1 kg Butter	6,75
1 kg Mehl	0,76
1 kg Fleisch	5,01
1 l Vollmilch	0,40
1 Ei	0,23
10 kg Kartoffeln	2,14
1 kg Kaffee	21,40
Stundenlohn	1,96

in DM, Stand 1955

Wetter

Mit einer mittleren Lufttemperatur von 18,4° C liegt der Juli knapp über dem langjährigen Durchschnittswert. Seine 263 Sonnenscheinstunden sind rekordverdächtig.

Freitag 4. Juli

Gesellschaft

Staatsdiener als »Spürhunde«: Auf Anweisung der Bundesanstalt für Arbeitsvermittlung und Arbeitslosenversicherung in Nürnberg sollen Beamte in den Abendstunden und an Wochenenden als verdeckte Ermittler im Kampf gegen die Schwarzarbeit eingesetzt werden. Ihnen obliegen u. a. die Beobachtung von Baustellen und die Überwachung kleinerer Gewerbebetriebe.

Gesellschaft

Die 4. Deutsche Handwerksmesse wird in München von Bundeswirtschaftsminister Ludwig Erhard (CDU) eröffnet. Auf der bis zum 20. Juli andauernden Messe zeigen mehr als 1000 Aussteller aus dem In- und Ausland ihre Produkte.

Sport

Der Australier Frank Sedgman gewinnt das Herreneinzel in Wimbledon gegen den in Ägypten lebenden Tschechoslowaken Jaroslav Drobny.

Wetter

Hochsommerliches Klima bietet der Juli 1952.Im Durchschnitt ist es 18,4 °C warm, die Sonne scheint insgesamt 277 Stunden lang.

Samstag 4. Juli

Technik

Siegeszug des »Käfers«: Im Wolfsburger Volkswagenwerk läuft der 500 000. »Käfer« vom Band. Das Jubiläum wird in der ganzen Stadt mit einem großen Fest gefeiert. Der Volkswagen ist nach Kriegsende zu einem Symbol für den ökonomischen Aufschwung der Bundesrepublik Deutschland geworden. Auch im Ausland hat sich dieses Modell mehr und mehr zum Verkaufsschlager entwickelt. Etwa 70 000 Wagen werden 1953 exportiert.

Politik

Reformkurs in Ungarn: Neuer ungarischer Regierungschef wird der als Reformkommunist eingeschätzte Imre Nagy. Bei seinem Amtsantritt kündigt der Politiker einen Kurswechsel in der Innen- und Wirtschaftspolitik an. Bezugnehmend auf den Arbeiteraufstand in der DDR am 17. Juni weist der neue ungarische Ministerpräsident darauf hin, daß eine zufriedenstellende Versorgung der Bevölkerung mit Konsumgütern oberste ökonomische Priorität genieße.

Wetter

Wärme und wenig Regen bei einer etwas unter Durchschnitt liegenden Sonnenscheindauer sind kennzeichnend für den Juli 1953.

Sonntag 4. Juli

Sport

Deutschland Fußball-Weltmeister in Bern: Die Nationalmannschaft der Bundesrepublik wird durch einen 3:2-Sieg über den Favoriten Ungarn Fußballweltmeister. Held des Spiels ist der zweifache Torschütze Helmut Rahn, der bereits im Viertelfinale die entscheidenden Treffer erzielt hatte. Neben der taktischen Meisterleistung des Bundestrainers Sepp Herberger ist der deutsche Erfolg vor allem das Verdienst des 34jährigen Kapitäns Fritz Walter.

Stars der 50er Jahre

Marilyn Monroe
Filmschauspielerin
James Dean
Filmschauspieler
Elvis Presley
Sänger
Sophia Loren
Filmschauspielerin
Brigitte Bardot
Filmschauspielerin

Sport

»Silberpfeile« auf Erfolgskurs: Beim ersten Nachkriegsstart von Mercedes-Rennwagen in einem Formel-1-Rennen kommt es gleich zu einem Doppelerfolg. Juan Manuel Fangio aus Argentinien und der Deutsche Karl Kling belegen die ersten beiden Plätze beim französischen Grand Prix in Reims.

Wetter

Heftige Regenfälle, die Niederschlagsmenge liegt fast 200% über dem Normalwert, und nur 135 Sonnenstunden bestimmen den Juli 1954.

1955

Montag 4. Juli

Politik

Die Beziehungen zwischen dem Vereinigten Königreich und der Südafrikanischen Union entspannen sich zusehends. In London wird jetzt ein Abkommen unterzeichnet, das die Rückgabe des umstrittenen britischen Flottenstützpunktes Simonstown an Südafrika vorsieht.

Kultur

Ganz im Zeichen »Hamlets« stehen die 9. Ruhrfestspiele in Recklinghausen. In der Shakespeare-Inszenierung von Karlheinz Stroux spielt Will Quadflieg mit überragender Resonanz des Publikums die Rolle des grüblerischen Dänenprinzen. Zum Programm der bis Mitte Juli dauernden Festspiele gehören unter anderem Konzerte der Münchener Philharmoniker und die Ausstellung »Das Bild des Menschen in Meisterwerken der europäischen Kunst«.

Rekorde in den 50er Jahren

Kugelstoßen: Jim Fuchs (USA) – 17,95 m (1950)
10 000 m: Emil Zátopek (TCH) – 28:54,6 min (1954)
800 m: R. Moens (BEL) – 1:45,7 min (1955)
Eisschnellauf: Eugen Grischin (URS) – 1000 m in 1:22,8 min (1955)

Wetter

Der Juli 1955 verläuft ohne klimatische Besonderheiten. Seine Durchschnittstemperatur liegt knapp über dem langjährigen Mittel von 18,3° C.

Mittwoch 4. Juli

Technik

U-Boot geborgen: Das zum Ende des Zweiten Weltkrieges im Kattegat versenkte deutsche Unterseeboot »U-2365« trifft nach seiner Bergung in den Kieler Howaldtswerken ein. Das nur gering beschädigte Boot wird nach einer Generalüberholung in den Dienst der Marine übernommen.

Gesellschaft

Bundeswehr hat Zulauf: Mehr als die Hälfte der fast 17 000 Angehörigen des Bundesgrenzschutzes hat bislang von der Offerte Gebrauch gemacht, in den Dienst der neugegründeten Bundeswehr einzutreten.

Politik

Zur Aufklärung der Revolte in Posen Ende Juni setzt die polnische Regierung einen Untersuchungsausschuß ein. Chruschtschows Enthüllungen über das stalinistische Terrorregime auf dem XX. KPdSU-Parteitag lösten im gesamten Ostblock eine Erschütterung aus.

Wetter

Trotz erhöhten Niederschlages ist der Juli 1956 mit durchschnittlich 18,6° C sommerlich warm.

Donnerstag 4. Juli

Kultur

Callas in Köln: Die weltberühmte Sopranistin gibt ein Gastspiel in der neuen Kölner Oper. Die 1923 in New York geborene Italienerin griechischer Abstammung singt die Titelrolle in »La Somnambula« von Vincenzo Bellini. Das Publikum feiert Maria Callas mit stehenden Ovationen.

Politik

Chruschtschow baut Macht aus: Georgi M. Malenkow, Wjatscheslaw M. Molotow, Lasar M. Kaganowitsch und Dimitri T. Schepilow werden mit sofortiger Wirkung aus den Führungsgremien der Kommunistischen Partei der UdSSR ausgeschlossen. Ihnen wird vorgeworfen, die politische Linie der Sowjetunion gegenüber dem Westen zu konterkarieren. So hintertrieben die Genossen den Grundsatz der friedlichen Koexistenz und die angestrebten nationalen Wirtschaftsreformen. Mit dem Ausschluß dieser Gruppe gewinnt Parteichef Nikita S. Chruschtschow endgültig den internen Machtkampf, der sich nach dem Tode Stalins im März 1953 entsponnen hatte.

Wetter

Sonniges Wetter mit einer Durchschnittstemperatur von 19,1 ° C verlockt zu Ausflügen ins Grüne.

Freitag 4. Juli

Stets korrekt und im Zweifelsfall eher weit geschnitten: Herrenmode in den 50ern

Politik

Mit der Stimmenmehrheit der Regierungsparteien CDU/CSU und DP verabschiedet der Bonner Bundestag den Haushalt für das Rechnungsjahr 1958/59. Er hat ein Gesamtvolumen von 36,8 Mrd. DM. Größter Einzelposten ist der Verteidigungsetat mit 10 Mrd. DM. Die Mehrausgaben im Rüstungsbereich werden allerdings durch den Wegfall von Stationierungskosten für ausländische Streitkräfte z. T. ausgeglichen.

Politik

Die innenpolitischen Unruhen im Libanon bereiten weltweit Sorgenfalten. Die UN-Beobachtertruppe erklärt, daß keine Anzeichen von ausländischer Infiltration oder Waffenschmuggel festgestellt werden konnten. Der libanesische Staatspräsident Kamil Schamun dagegen erklärt, daß die bürgerkriegsähnlichen Zustände durch die Vereinigte Arabische Republik forciert würden.

Wetter

Das Wetter im Juli 1958 ist ohne besondere Auffälligkeiten.

Samstag 4. Juli

Sport

Bei den 73. All-England-Tennismeisterschaften im Londoner Stadtteil Wimbledon ist die Brasilianerin Maria Esther Bueno nach ihrem Vorjahressieg im Doppel zum zweiten Mal in einem Endspiel erfolgreich. Im Finale der Damenkonkurrenz bezwingt sie die US-Amerikanerin Darlene Hard in zwei Sätzen mit 6:4 und 6:3. Im Endspiel des Herreneinzels siegt der Peruaner Alejandro Olmedo. Er schlägt Rod Laver klar in drei Sätzen mit 6:4, 6:3 und 6:4.

Für eine gute Figur auf der Tanzfläche: Kleid aus Chiné-Taft

Gesellschaft

Verhandlungen von Erfolg gekrönt: Dänemark und Indonesien erklären sich nach monatelangen intensiven Gesprächen dazu bereit, deutsche Vermögenswerte, die während des Zweiten Weltkrieges beschlagnahmt worden waren, wieder freizugeben.

Wetter

Eine etwas über der Norm liegende Niederschlagsmenge wird im Juli 1959 durch 254 Sonnenstunden wieder ausgeglichen. Der langjährige Mittelwert liegt bei 242 Stunden..

1960–1969

Highlights des Jahrzehnts

1960

- Gründung der EFTA
- Frankreich wird 4. Atommacht
- John F. Kennedy wird 35. Präsident der USA
- Hochzeit des Jahres: Fabiola und König Baudouin von Belgien

1961

- Erster Mensch im Weltraum: der Russe Juri Gagarin
- Bau der Mauer in Berlin
- Gründung von Amnesty International

1962

- Flutkatastrophe an der Nordseeküste und in Hamburg
- Kuba-Krise: USA erzwingen Abbau sowjetischer Raketenbasen
- »Spiegel«-Affäre löst Regierungskrise aus
- Start der erfolgreichsten Serie der Kinogeschichte: James Bond

1963

- Deutsch-Französischer Freundschaftsvertrag
- US-Präsident Kennedy wird in Dallas erschossen
- Marika Kilius und Hans-Jürgen Bäumler werden Weltmeister im Eiskunstlaufen

1964

- Die USA greifen in den Vietnamkrieg ein
- Revolution in der Damenmode: der Minirock
- Der 22jährige Cassius Clay wird jüngster Boxweltmeister
- UdSSR: Breschnew neuer KP-Chef
- Erfolgreichste Pop-Gruppe der 60er: die Beatles
- Den Rolling Stones gelingt der internationale Durchbruch

1965

- Im Alter von 90 Jahren stirbt in London Winston Churchill
- Erste Fotos vom menschlichen Embryo im Mutterleib
- Ziehung der Lottozahlen erstmals im Fernsehen

1966

- Große Koalition aus CDU/CSU und SPD gebildet
- APO beginnt sich zu formieren

1967

- Sechs-Tage-Krieg in Nahost
- Erste Herztransplantation
- Bürgerkrieg in Biafra
- Kult-Musical »Hair« wird uraufgeführt

1968

- Ermordung des schwarzen Bürgerrechtlers Martin Luther King und des US-Präsidentschaftskandidaten Robert Kennedy
- »Prager Frühling« durch Einmarsch von Warschauer-Pakt-Truppen beendet
- Aufklärungswelle erreicht den Schulunterricht

1969

- Willy Brandt wird Kanzler einer sozialliberalen Koalition
- Der erste Mensch betritt den Mond
- »Sesamstraße« begeistert Millionen von Kindern
- Rockfestival in Woodstock

◀ **1969: Die ganze Welt wird vor dem Fernseher mondsüchtig**

Montag 4. Juli

Ungeziefer sorgt für Hunger. Nach Angaben der Ernährungs- und Landwirtschaftsorganisation der Vereinten Nationen (FAO) werden jährlich etwa 10 % der Weltgetreideernte durch Insekten, Pilze und Ratten vernichtet. Diese Menge würde ausreichen, etwa 225 Mio. Menschen, bei einem Tagesbedarf von 800 g, zu ernähren.

Gesellschaft

Todesurteil gegen DDR-Flüchtling: Die Bonner Bundesregierung protestiert in aller Schärfe gegen das vom Bezirksgericht Erfurt gegen Manfred Smolka verhängte Todesurteil. Der ehemalige DDR-Bewohner war 1958 in die Bundesrepublik übergesiedelt. Als seine Familie ihm 1959 folgen wollte, wurde Smolka auf dem Territorium der Bundesrepublik von DDR-Grenztruppen mit Waffengewalt entführt. Das Erfurter Gericht begründet seinen Urteilsspruch damit, daß Manfred Smolka ein Spion und Saboteur sei.

Gesellschaft

»Feuerteufel« in Haft: Der Brandstifter, der von Dezember 1959 bis Februar 1960 mit zahlreichen Brandanschlägen Teile der Altstadt Lüneburgs in Schutt und Asche gelegt hat, wird zu 15 Jahren Gefängnis verurteilt.

Wetter

Wenig Sonne und eine niedrige Durchschnittstemperatur von nur 16,4° C kennzeichnen den Juli 1960.

Dienstag 4. Juli

Politik

Regierungskrise in Finnland hält an: Staatspräsident Urho Kaleva Kekkonen ernennt den bisherigen Innenminister Viktor Luukka zum geschäftsführenden Ministerpräsidenten. Er wird bis zur Regierungsneubildung am 14. Juli die Amtsgeschäfte führen. Die innenpolitischen Auseinandersetzungen in dem skandinavischen Land erreichten gestern einen weiteren Höhepunkt, als die gesamte finnische Minderheitsregierung der Bauernpartei demissionierte. Die Krise nahm ihren Anfang am 29. Juni durch den Rücktritt des Regierungschefs Väino Johannes Sukselainen. Ihm wird vorgeworfen, als Generaldirektor der Finnischen Volkspensionsanstalt sich auf Staatskosten bereichert zu haben.

Kultur

Der Film »Die Nacht« des italienischen Regisseurs Michelangelo Antonioni wird mit dem Goldenen Bären, dem großen Preis der Berliner Filmfestspiele, ausgezeichnet. Die Darstellerpreise gehen an die Schauspieler Peter Finch und Anna Karina.

Wetter

Mit nur 18,0° C Lufttemperatur im Durchschnitt und wenig Sonnenschein bietet der Juli 1961 keinen Grund zur Freude.

Mittwoch 4. Juli

Stars der 60er Jahre

Die Beatles
Popgruppe
Sean Connery
Filmschauspieler
Pelé
Fußballspieler
Jean Paul Belmondo
Filmschauspieler
Dustin Hoffman
Filmschauspieler

Sport

Die 15. Weltmeisterschaften im Kunstturnen beginnen in Prag. Die Titelkämpfe, bei denen die osteuropäischen Sportlerinnen ihre Favoritenstellung behaupten, dauern bis zum 14. Juli.

Politik

Das Direktorium der Österreichischen Nationalbank hebt die bisherigen Beschränkungen für den Erwerb von Auslandseffekten durch österreichische Staatsbürger auf. Von nun an können auch sie ausländische Wertpapiere außerhalb der Landesgrenzen ohne Beschränkungen erwerben. Voraussetzung ist allerdings, daß die Effekten bar in Devisen angekauft werden und ein einheimischer Devisenhändler die finanzielle Transaktion vornimmt. An der Börse in Frankfurt am Main stößt der Beschluß Österreichs auf Zustimmung. Man geht davon aus, daß er sich positiv auf den bundesdeutschen Kapitalmarkt auswirken wird.

Wetter

Angenehme, sommerliche Temperaturen zeichnen den Juli 1962 aus.

Donnerstag 4. Juli

Technik

AFN feiert Jubiläum: Der US-Soldatensender American Forces Network (AFN) besteht seit 20 Jahren. AFN erreicht mit Hilfe von über 60 Relaisstationen etwa 50 Mio. Hörer im Bundesgebiet. Neben seiner Zentrale in Frankfurt-Höchst betreibt der Rundfunksender u. a. Studios in Berlin (West), München und Bremerhaven.

Gesellschaft

Habsburger unerwünscht: Der österreichische Nationalrat in Wien nimmt den Antrag der SPÖ und FPÖ an, der die Rückkehr von Otto Habsburg-Lothringen ablehnt. Die Kontroverse mit dem ältesten Kaisersohn wird 1966 beendet: Er erhält einen österreichischen Paß.

Technik

Das erste zerlegbare Atomkraftwerk wird in Betrieb genommen. Das »Wunderwerk der Technik« steht in Melekess in der Sowjetunion.

Wetter

Der Juli 1963 ist heiß und trocken. Seine mittlere Lufttemperatur liegt mit 19,1° C weit über dem langjährigen Durchschnitt.

Samstag 4. Juli

Gesellschaft

Kubas Arbeiter proben den Aufstand: In Havanna weigern sich die Hafenarbeiter, Fleisch für den Export nach Italien zu verladen, da die Karibikinsel selber unter akutem Fleischmangel leidet. Mehr als 200 Personen werden verhaftet. Um eine Ausweitung der Unruhen zu vermeiden, werden sie allerdings bald wieder freigelassen.

Politik

Auf Good-will-Tour: Der sowjetische Staats- und Parteichef Nikita S. Chruschtschow beendet seinen mehrtägigen Staatsbesuch in den skandinavischen Ländern. Im Vordergrund der Gespräche stand eine Verbesserung der Beziehungen.

Sport

Vor 17 000 Zuschauern gewinnt die Brasilianerin Maria Esther Bueno das Finale im Dameneinzel des Tennisturniers von Wimbledon. Sie schlägt die Titelverteidigerin Margaret Smith aus Australien.

Wetter

Extrem trocken ist der Juli 1964. Die mittlere Lufttemperatur liegt knapp über dem langjährigen Vergleichswert.

Sonntag 4. Juli

Gesellschaft

Naturgewalten beuteln Italiener: Nach einer tagelangen Hitzewelle wird Oberitalien von schweren Hagelunwettern und Wirbelstürmen heimgesucht.

Politik

Gewalt nicht legitim: Bundespräsident Heinrich Lübke betont vor über 25 000 Heimatvertriebenen und Flüchtlingen aus den ehemaligen deutschen Ostgebieten, daß es keine politischen Ziele gebe, die den Einsatz von Gewalt rechtfertigen.

Rekorde in den 60er Jahren

Stabhochsprung: Brian Sternberg (USA) – 5,00 m (1963)
Hochsprung: V. Brumel (URS) – 2,28 m (1963)
Weitsprung: Bob Beamon (USA) – 8,90 m (1968)
100 m: Jim Hines (USA) – 9,9 sec (1968)

Sport

Neuer Sport in den USA: Millionen von Teenager begeistern sich für das sog. Skateboarding. Auf abschüssigen Straßen üben die Skater waghalsige Balanceakte auf einem etwa 40 cm langen und 10 cm breiten Holzbrett mit vier Rollen.

Wetter

Kühl und regnerisch ist der Juli 1965, mit einer Durchschnittstemperatur von nur 15,8° C.

Montag 4. Juli

Politik

Gegen die Intervention der USA in Vietnam demonstrieren vor dem US-Konsulat in Hamburg ca. 500 Personen. Die deutschen Sicherheitskräfte setzen gegen die »Linksradikalen« Wasserwerfer und Gummiknüppel ein, als versucht wird, in das Gebäude einzudringen.

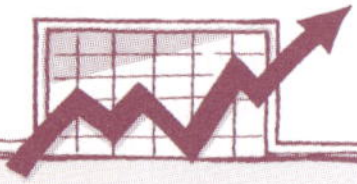

Preise in den 60er Jahren

1 kg Butter	7,58
1 kg Mehl	1,06
1 kg Fleisch	7,91
1 l Vollmilch	0,50
1 Ei	0,21
10 kg Kartoffeln	2,88
1 kg Kaffee	16,61
Stundenlohn	4,15

in DM, Stand 1964

Kultur

Zu wenig Professoren: Bundesforschungsminister Gerhard Stoltenberg (CDU) teilt mit, daß derzeit jeder siebente Lehrstuhl unbesetzt sei. In konkreten Zahlen bedeutet dies, daß von 4598 Professorenstellen 654 Lehrstühle vakant sind.

Gesellschaft

Die Fünf-Tage-Woche wird von der sowjetischen Führung im Industriegebiet von Perm eingeführt.

Wetter

Was ist mit dem Wetter los, fragen sich viele Bundesbürger. Ähnlich wie im Vorjahr bietet der Juli keine Sommerfreuden.

Dienstag 4. Juli

Sport

Erfolg für Reiterequipe: Mit 20 Punkten Vorsprung vor dem Team aus der Sowjetunion siegt die bundesdeutsche Mannschaft im Grand Prix des offiziellen internationalen Dressurwettbewerbs. Auch in diesem Jahr ist Aachen der Austragungsort dieser Veranstaltung des Internationalen Reiterverbandes.

Politik

Die Beziehungen zwischen Rumänien und der Bundesrepublik normalisieren sich zusehends. Mit dem heutigen Tag wird die bisherige Handelsvertretung der Bundesrepublik in Bukarest in eine Botschaft umgewandelt.

Gesellschaft

Straffreiheit für Homosexuelle: Nach einer stürmischen Debatte billigt das britische Unterhaus eine Reform des Gesetzes gegen die Homosexualität. Damit sind freiwillige gleichgeschlechtliche Handlungen unter Erwachsenen straffrei.

Wetter

Endlich wieder sommerliche Wärme im Juli! Die mittlere Lufttemperatur liegt bei 19,5° C.

Donnerstag 4. Juli

Gesellschaft

Bikinispaß in Bischofsstadt:. Auch in Passau ist jetzt den Frauen und Mädchen das Tragen von Bikinis erlaubt. Nach längerer Debatte bei extrem hochsommerlichen Temperaturen von über 28° C im Schatten billigt der Stadtrat eine Änderung der Badeordnung von 1952. Von dieser Regelung unberührt bleibt allerdings das Verbot, in Badekleidung zu zeichnen, zu malen, zu filmen sowie auf einer Geige oder einem anderen Musikinstrument in der Öffentlichkeit zu üben.

»Mini« heißt das Schlagwort der 60er – hier in Form eines Strickkleides

Kultur

Größte Weltkirchenkonferenz eröffnet: In der schwedischen Stadt Uppsala wird die IV. Vollversammlung des Ökumenischen Rates der Kirchen eröffnet. Rund 750 Delegierte aus 232 Mitgliedskirchen nehmen teil.

Wetter

Mit durchschnittlichen 17,2° C Lufttemperatur zeigt sich der Juli im Jahr 1968 von einer unfreundlichen Seite.

Freitag 4. Juli

Sport

Britischer Sieg im Tennis-Mekka: Bei den internationalen englischen Tennismeisterschaften in Wimbledon sorgt der Doppelerfolg der Britin Ann Jones für wahre Begeisterungsstürme unter den einheimischen Zuschauern. Im Finale des Dameneinzels siegt Jones gegen die US-Amerikanerin Billie Jean King in drei Sätzen mit 3:6, 6:3 und 6:2. Gemeinsam mit Fred Stolle (USA) gewinnt die 31jährige den Titel im Mixed.

Politik

Italiens Parteienlandschaft verändert sich. Die erst 1966 gegründete Sozialistische Partei Italiens spaltet sich in einen sozialdemokratischen und einen sozialistischen Flügel. Hintergrund ist der Streit um eine Zusammenarbeit mit der KPI. Der sozialdemokratische Flügel konstituiert sich am folgenden Tag als Sozialistische Einheitspartei.

Kurzer Mantel mit Schlaghose: Auch in die Männermode kommt Bewegung

Wetter

Trocken und heiß ist der Juli 1969. 260 Sonnenstunden sorgen für eine mittlere Lufttemperatur von 19,6° C.

1970-1979

Highlights des Jahrzehnts

1970

- Neue deutsche Ostpolitik: Moskauer und Warschauer Vertrag
- Vietnamkrieg weitet sich auf Kambodscha aus
- Einstellung des Contergan-Prozesses

1971

- Einführung des Frauenwahlrechts in der Schweiz
- Friedensnobelpreis für Willy Brandt
- Hot pants – Modeschlager der Saison
- Kinohit »Love Story« rührt Millionen Zuschauer zu Tränen

1972

- Unterzeichnung des Rüstungskontrollabkommens SALT I
- Verhaftung von Baader-Meinhof-Terroristen
- Überfall palästinensischer Terroristen auf die israelische Mannschaft bei den Olympischen Spielen in München
- Unterzeichnung des Grundvertrages zwischen Bundesrepublik und DDR

1973

- Aufnahme beider deutscher Staaten in die UNO
- USA ziehen ihre Truppen aus Vietnam zurück
- Jom-Kippur-Krieg in Nahost
- Ölkrise: Sonntagsfahrverbot auf bundesdeutschen Straßen

1974

- Guillaume-Affäre stürzt Willy Brandt, neuer Bundeskanzler wird Helmut Schmidt
- Watergate-Affäre zwingt US-Präsident Nixon zum Rücktritt
- Deutschland wird Fußballweltmeister
- »Nelkenrevolution« in Portugal

1975

- Beginn des Bürgerkriegs im Libanon
- Unterzeichnung der KSZE-Schlußakte in Helsinki
- Spanien: Tod Francos und demokratische Reformen unter König Juan Carlos I.
- Einweihung des 3 km langen Elbtunnels in Hamburg
- Volljährigkeit von 21 auf 18 Jahre herabgesetzt

1976

- Umweltkatastrophe in Seveso
- Anschnallpflicht für Autofahrer
- Traumhochzeit des Jahres: Karl XVI. Gustav von Schweden heiratet die Deutsche Silvia Sommerlath

1977

- Entführung und Ermordung des Arbeitgeberpräsidenten Hanns Martin Schleyer
- Emanzipationswelle: Frauenzeitschrift »Emma« erscheint

1978

- Friedensverhandlungen zwischen Israel und Ägypten in Camp David
- In England kommt das erste Retortenbaby zur Welt

1979

- Überfall der Sowjetunion auf Afghanistan
- Schiitenführer Khomeini proklamiert im Iran die Islamische Republik
- Sandinistische Revolution beendet Somoza-Diktatur in Nicaragua

◀ **Martina Navratilova gewinnt neunmal in Wimbledon, zuerst 1978**

Samstag 4. Juli

Technik

Neuer Atomversuch über dem Mururoa-Atoll: Frankreich zündet 540 m über dem Mururoa-Atoll im Südpazifik eine Wasserstoffbombe, um einen Sprengkopf für Raketensysteme zu testen.

Politik

Entspannungspolitik im Kreuzfeuer: Scharfe Kritik an der sozialliberalen Regierung unter Bundeskanzler Willy Brandt übt CSU-Chef Franz Josef Strauß auf dem Landesparteitag seiner Partei in Nürnberg. Besonders heftig attackiert Strauß im Vorfeld der Unterzeichnung des Moskauer Vertrages und des Abkommens mit Polen die Deutschland- und Ostpolitik der amtierenden Koalition.

Sport

Beim Internationalen Stadionfest im Berliner Olympiastadion läuft der Australier Kerry O'Brien einen neuen Weltrekord über 3000 m Hindernis mit 8:22,0 min.

Wetter

Das Wetter im Juli 1970 ist weniger gut. Die Durchschnittstemperatur liegt bei nur 17,0° C (langjähriger Mittelwert: 18,3 ° C).

Sonntag 4. Juli

Sport

Mit einem spektakulären Fünfsatzsieg des Australiers John Newcombe endet das 85. Wimbledon-Turnier. Der 27jährige schlägt im Herreneinzel den US-Amerikaner Stan Smith mit 6.3, 5:7, 2:6, 6:4 und 6:4.

Politik

CSU meldet Ansprüche an: Der CSU-Vorsitzende Franz-Josef Strauß erklärt in einem Interview, daß er auf dem Mitspracherecht seiner Partei bei der Nominierung des Kanzlerkandidaten der Union für die Wahlen 1973 auf jeden Fall bestehen werde.

Gesellschaft

Der Ausbruch des Bürgerkrieges zwischen Ost- und Westpakistan führt zu einem Flüchtlingsstrom ungeahnten Ausmaßes. Das UN-Flüchtlingskommissariat in Genf gibt bekannt, daß die Zahl der ostpakistanischen Flüchtlinge in Indien die Sechs-Millionen-Grenze überschritten habe.

Wetter

Bilderbuchwetter herrscht im Juli 1971. Bei 318 Sonnenstunden und einer mittleren Lufttemperatur von 19,1° C fallen nur 9 mm Niederschlag.

Dienstag 4. Juli

Politik

»Ja« zum UNO-Beitritt: Der Generalsekretär der Vereinten Nationen, Kurt Waldheim, befürwortet auf einer Pressekonferenz in Genf die Aufnahme der Schweiz und der beiden deutschen Staaten in die UNO.

Preise in den 70er Jahren

1 kg Butter	8,36
1 kg Mehl	1,16
1 kg Fleisch	10,15
1 l Vollmilch	1,06
1 Ei	0,22
10 kg Kartoffeln	6,44
1 kg Zucker	1,65
Stundenlohn	10,40

in DM, Stand 1975

Gesellschaft

Korea vor der Vereinigung? Wie erst jetzt bekannt wird, haben die Geheimgespräche zwischen Regierungsvertretern aus Nord- und Südkorea in Pjöngjang und Seoul zu einer »Gemeinsamen Erklärung des Nordens und des Südens« geführt. Beide Staaten erklären in dem unter Vermittlung des UN-Generalsekretärs Kurt Waldheim zustande gekommenen Dokument, daß sie ihre Einheit mit friedlichen Mitteln und ohne Einmischung von außen in Gang setzen wollen. Korea ist seit 1945 entlang des 38. Breitengrades geteilt. Im Norden wurde ein kommunistisch beeinflußtes Regime, im Süden ein westliches errichtet.

Wetter

Wärmer als im langjährigen Mittel, aber weniger sonnig zeigt sich der Juli 1972.

Mittwoch 4. Juli

Kultur

»Eine Zukunft für unsere Vergangenheit« ist das Motto einer Veranstaltung über die Möglichkeiten des internationalen Denkmalschutzes, an der in Zürich 400 Delegierte aus zahlreichen europäischen Staaten teilnehmen.

Sport

Alwin Schockemöhle gewinnt auf »Rex« den Großen Preis von Europa. Platz zwei des Aachener Reit- und Springturniers belegt der Schweizer Paul Weiher auf »Fink«.

Der nach 5000 Jahren am 23. Januar mit einer gewaltigen Explosion auf der isländischen Insel Heimaey ausgebrochene Vulkan Helgafjell hat sich beruhigt. Eruptionen sind nicht mehr zu erwarten.

Politik

Karibik rückt zusammen: Die Ministerpräsidenten von Barbados, Guyana, Jamaika und Trinidad/Tobago unterzeichnen in Port of Spain den Gründungsvertrag der Karibischen Wirtschaftsgemeinschaft.

Wetter

Etwas regnerischer als sonst üblich zeigt sich der Juli 1973. Die durchschnittliche Lufttemperatur liegt bei 18,6° C.

Donnerstag 4. Juli

Politik

Veränderte Grenzen: Nach sechs Jahren schließt der baden-württembergische Landtag die Gemeindereform ab. Ab dem 1. Januar 1975 wird das süddeutsche Bundesland dann nur noch aus 1100 selbständigen Gemeinden bestehen (bislang 3300).

Kultur

»Nationalzeitung« weiter auf dem Markt: Mit einer Entscheidung des Bundesverfassungsgerichtes in Karlsruhe endet ein langjähriger Streit über die Verfassungsmäßigkeit des Blattes aus dem Druck- und Zeitschriftenverlag von Gerhard Frey. 1969 hatte der damalige Bundesinnenminister Ernst Benda (CDU) einen Verbotsantrag mit der Begründung gestellt, die »Deutsche Nationalzeitung« verbreite rassistisches und nationalistisches Gedankengut.

Politik

Erhard Eppler, Bundesminister für wirtschaftliche Zusammenarbeit, reicht seinen Rücktritt ein, weil sein Etat um 2,1 Mrd. DM gekürzt wird.

Wetter

Kalt ist der Juli 1974. 134 Sonnenstunden sorgen für eine Durchschnittstemperatur von nur 15,8° C.

Freitag 4. Juli

Politik

Der Konflikt zwischen radikalen palästinensischen Terrororganisationen und Israel eskaliert weiter. Bei einem arabischen Bombenanschlag in Jerusalem werden 13 Menschen getötet. Als Reaktion auf das Blutbad führt die israelische Armee im südlichen Libanon eine Vergeltungsaktion durch.

Politik

Der frühere Gestapo-Chef in Warschau, Ludwig Hahn, wird von einem Hamburger Schwurgericht wegen gemeinschaftlichen Mordes an mindestens 230 000 Juden zu lebenslanger Haft verurteilt. Der 67jährige wird für schuldig befunden, in den Jahren 1942 und 1943 in Warschau »aus niederen Beweggründen, grausam und heimtückisch« eine sog. Umsiedlungsaktion in das Vernichtungslager Treblinka mitverantwortet, geplant und vorbereitet zu haben. Die Hamburger Richter stützen sich bei ihrer Urteilsfindung auf Zeugenaussagen, Dokumente und historische Aufzeichnungen des Judenrates im Warschauer Ghetto.

Wetter

Der Juli im Jahr 1975 ist sehr warm. Seine mittlere Lufttemperatur liegt mit 19,5° C weit über dem langjährigen Vergleichswert von 18,3° C.

Sonntag 4. Juli

Gesellschaft

Blutiges Geiseldrama in Entebbe: Eine Anti-Terror-Einheit der israelischen Armee befreit auf dem ugandischen Flughafen Entebbe die Geiseln aus der Hand der Luftpiraten. Ein französischer Airbus 300 mit 248 Passagieren, darunter 70 israelische Staatsbürger, war am 27. Juni auf dem Flug Paris–Tel Aviv von mehreren Terroristen gekapert worden. Die Entführer verlangen die Freilassung von 53 »Freiheitskämpfern« (u.a. RAF-Mitglieder), andernfalls drohen sie mit der Erschießung der Geiseln. Bei der Rettungsaktion kommen 31 Menschen ums Leben.

Ausgestellte Hosen und viel Schmuck trägt die moderne Frau in den 70er Jahren

Sport

Der Schwede Björn Borg gewinnt in Wimbledon das Finale der Tennismeisterschaften von England. Im Endspiel des Herreneinzels schlägt er den Rumänen Ilie Nastase in drei Sätzen.

Wetter

Mit einer mittleren Lufttemperatur von 20,3° C und nur 19 mm Niederschlag ist der Juli des Jahres 1976 heiß und trocken.

Montag 4. Juli

Gesellschaft

Schweizer Wetter spielt verrückt: Weite Teile der Schweiz werden von schweren Unwettern heimgesucht. Sintflutartige Regenfälle richten hohen Sachschaden an. Im Kanton Bern müssen zahlreiche Straßenverbindungen gesperrt werden, da sie von den Wassermassen unterspült sind; ein Erdrutsch unterbricht die Eisenbahnverbindung Lausanne-Brig. Uri wird zum Katastrophengebiet erklärt.

Politik

Spanien nach Franco: Der neugewählte spanische Ministerpräsident Adolfo Suárez stellt in Madrid sein Kabinett vor. Der Regierung gehören u. a. Christdemokraten, Liberale und Sozialdemokraten an. Bei den ersten freien spanischen Parlamentswahlen nach 41 Jahren am 15. Juni ging Suárez' UCD als stärkste politische Kraft hervor.

Voll im Zeitgeschmack: Der Midimantel mit aufgesetzten Taschen für kalte Winter

Wetter

Wenig Sonnenschein hat der Juli in diesem Jahr zu bieten. Mit 189 Stunden liegt die Sonnenscheindauer weit unter dem Durchschnitt.

Dienstag 4. Juli

Technik

Der Emil-von-Behring-Preis der Stadt Marburg an der Lahn geht diesmal an den schwedischen Mediziner und Immunologen Peter Perlmann. Der Stockholmer Wissenschaftler erhält die Auszeichnung für seine bahnbrechenden Untersuchungen am lymphatischen System.

Stars der 70er Jahre

Robert de Niro
Filmschauspieler
Jane Fonda
Filmschauspielerin
Woody Allen
Filmregisseur
Steven Spielberg
Filmregisseur
Muhammad Ali
Boxer

Gesellschaft

Erfolge bei Terror-Fahndung: Trotz zahlreicher Pannen im Kampf gegen bundesrepublikanische Politextremisten zieht Generalbundesanwalt Kurt Rebmann auf einer Pressekonferenz in Karlsruhe eine positive Bilanz der polizeilichen Maßnahmen gegen den Terror. Seinen Angaben nach befinden sich derzeit 38 mutmaßliche Terroristen in Haft, darunter befinden sich neun Personen, die rechtsradikalen Vereinigungen angehören bzw. nahestehen.

Wetter

Zu kalt ist der Juli im Jahr 1978. Seine Durchschnittstemperatur liegt mit 16,7° C weit unter dem Vergleichswert.

1979

Mittwoch 4. Juli

Politik

Wieder auf freiem Fuß: Dem früheren Ministerpräsidenten und ersten Staatspräsidenten Algeriens, Mohammed Ahmed Ben Bella, wird nach 14 Jahren Hausarrest von den amtierenden Machthabern des nordafrikanischen Landes eine eingeschränkte Bewegungsfreiheit zugestanden. Ben Bella wurde im Jahr 1965 von seinem Generalstabschef Huari Boumedienne gestürzt.

Technik

Sparen ist erste Bürgerpflicht: Bundeskanzler Helmut Schmidt (SPD) weist in seiner Regierungserklärung in Bonn darauf hin, daß eine Einschränkung des individuellen Energieverbrauches aus Umweltgründen jedem Bundesdeutschen am Herzen liegen sollte. Der Diskussion um Tempolimit oder Benzinrationierung erteilt der Regierungschef erneut eine klare Absage.

Rekorde in den 70er Jahren

100 m: Marlies Göhr (GDR) – 10,88 sec (1977)
Hochsprung: Rosemarie Ackermann (GDR) – 2,00 m (1977)
Weitsprung: Vilma Bardauskiene (URS) – 7,09 m (1978)
800 m: S. Coe (GBR) – 1:42,4 min (1979)

Wetter

Das Wetter im Juli 1979 ist extrem schlecht. Bei 138 Stunden Sonnenschein wird eine Durchschnittstemperatur von nur 15,1° C erreicht.

1980-1989

Highlights des Jahrzehnts

1980

- Golfkrieg zwischen Iran und Irak
- Gründung einer neuen Bundespartei: »Die Grünen«
- Bildung der polnischen Gewerkschaft »Solidarność«

1981

- Attentate auf US-Präsident Ronald Reagan, den Papst und Ägyptens Staatschef Anwar As Sadat
- Erster Start der wiederverwendbaren Raumfähre »Columbia«
- In den USA werden die ersten Fälle von AIDS bekannt
- Hochzeit des Jahres: Der britische Thronfolger Charles, Prince of Wales, heiratet Lady Diana

1982

- Krieg um die Falkland-Inseln
- Sozialliberale Koalition bricht auseinander; Helmut Kohl wird neuer Bundeskanzler
- Selbstjustiz vor Gericht: der »Fall Bachmeier«
- »E. T. – der Außerirdische« wird zum Kinohit

1983

- US-Invasion auf Grenada
- Skandal um gefälschte Hitler-Tagebücher
- Aerobic wird in der Bundesrepublik populär

1984

- Richard von Weizsäcker wird Bundespräsident
- Ermordung von Indiens Ministerpräsidentin Indira Gandhi, Nachfolger wird ihr Sohn Rajiv Gandhi

1985

- Michail Gorbatschow wird neuer Kremlchef
- Sensation: Boris Becker siegt als erster Deutscher in Wimbledon
- »Live-Aid-Concert« für Afrika

1986

- Attentat auf Schwedens Ministerpräsident Olof Palme
- Katastrophe im Kernkraftwerk Tschernobyl
- Explosion der US-Raumfähre »Challenger«
- Premiere des Musicals »Cats« in Hamburg

1987

- Widerstand gegen Volkszählung
- Barschel-Affäre in Kiel
- Matthias Rust landet mit einem Sportflugzeug auf dem Roten Platz in Moskau

1988

- Atommüllskandal in Hessen
- Ende des Golfkriegs
- Geiseldrama von Gladbeck als Medienspektakel
- Dopingskandal überschattet Olympische Spiele in Seoul
- Reagan und Gorbatschow vereinbaren Verschrottung atomarer Mittelstreckenraketen

1989

- Die DDR öffnet ihre Grenzen
- Blutbad auf dem Platz des Himmlischen Friedens in Peking
- Demokratisierungskurs im gesamten Ostblock
- »Exxon Valdez«: Ölpest vor Alaska

◄ **Seit 1983 ganz oben: Das »Material Girl« Madonna**

Freitag 4. Juli

Technik

Atommülldeponie in Gorleben: Der niedersächsische Ministerpräsident Ernst Albrecht (CDU) gibt seine Zustimmung zur Errichtung eines Zwischenlagers für abgebrannte Kernreaktorbrennstäbe in Gorleben. Der Bürgerprotest gegen das geplante Zwischenlager hält noch immer an. Anfang Juni räumten Polizei und Bundesgrenzschutz das von Atomgegnern eingerichtete Hüttendorf »Freies Wendland« an der »Tiefbohrstelle 1004« im Landkreis Lüchow-Dannenberg.

Politik

Sozialliberale Koalition vor dem Ende? Die Bundesregierung erleidet im Parlament zwei Abstimmungsniederlagen. Mit der Opposition stimmen elf Abgeordnete der SPD, weil sie eine Verschärfung des Rechts auf Kriegsdienstverweigerung ablehnen. Mehrere FDP-Abgeordnete bringen mit den Stimmen der CDU/CSU ein Lärmschutzgesetz zu Fall, weil ihrer Ansicht nach die darin festgesetzten Richtwerte für bestehende Straßen zu hoch sind.

Wetter

Viel zu kühl ist der Juli 1980. Seine mittlere Lufttemperatur liegt weit unter dem langjährigen Mittel von 18,3° C.

Samstag 4. Juli

Sport

Die fünfjährige Erfolgsserie des schwedischen Tennisstars Björn Borg in Wimbledon findet ein Ende. Im Finale des Herreneinzels unterliegt der blonde Grundlinienspieler dem US-Amerikaner John McEnroe relativ glatt in vier Sätzen.

Gesellschaft

Schwere Rassenunruhen zwischen Rechtsradikalen und schwarzen Jugendlichen erschüttern London. Bei den blutigen Straßenschlachten erleiden mehrere Menschen Verletzungen. In der Folge breiten sich die Krawalle auch auf andere britische Städte aus. Experten begründen die Konflikte mit dem Anwachsen der Slums und der hohen Jugendarbeitslosigkeit.

Sport

DDR-Olympiasiegerin Ute Geweniger stellt bei einem Schwimmfest in Berlin (Ost) einen Weltrekord über 200 m Lagen mit 2:11,79 min auf.

Wetter

Der Juli des Jahres 1981 läßt keine Sommergefühle aufkommen. Trübes Wetter und niedrige Temperaturen verderben die Laune.

Sonntag 4. Juli

Technik

Die US-Raumfähre »Columbia« beendet ihren vierten und letzten Testflug mit einer Landung auf dem kalifornischen Luftwaffenstützpunkt Edwards. Mit dem »Space Shuttle« entwickelte die NASA einen Raumgleiter, der eine kostengünstigere Alternative zu den bisherigen sog. Einwegraketen darstellt. In Verlauf der nächsten Jahre soll »Columbia« u. a. als Trägersystem zum Transport von Satelliten in die Erdumlaufbahn fungieren.

Politik

Hungerblockade gegen Beirut: Die israelische Armee greift in ihrem Kampf gegen die Palästinensische Befreiungsorganisation (PLO) zu neuen Mitteln. Israelisches Militär rückte Anfang Juni in den Südlibanon ein, einige Tage später wurde die Stadtgrenze Beiruts erreicht. Um die über 6000 PLO-Kämpfer in Beirut zur Aufgabe zu bewegen, verhängt die israelische Führung jetzt eine Hungerblockade über die libanesische Hauptstadt.

Wetter

Mit hochsommerlichen Temperaturen verwöhnt der Juli in diesem Jahr die Bundesbürger. Seine Durchschnittstemperatur liegt bei 20,4° C, 312 Sonnenstunden verführen zum Sonnenbaden.

1983

Montag 4. Juli

Gesellschaft

Gespräche über die umstrittene Rückkehrhilfe für Ausländer führt Bundesarbeitsminister Norbert Blüm (CDU) in Ankara, wo er von Staatspräsident Kenan Evren empfangen wird.
Um den Arbeitsmarkt zu entlasten, beschloß die Bundesregierung im Juni, unter gewissen Umständen Prämien für Gastarbeiter zu zahlen , die auf Dauer die Bundesrepublik verlassen und in ihre Heimatländer zurückkehren wollen.

Politik

Nachrüstung belastet Ostpolitik: Sein erster Staatsbesuch führt Bundeskanzler Helmut Kohl in die Sowjetunion. Die geplante Nachrüstung des westlichen Verteidigungsbündnisses mit atomaren Mittelstreckenraketen führte im Vorfeld der Visite zu einer Abkühlung des deutsch-sowjetischen Verhältnisses.

Stars der 80er Jahre

Richard Gere
Filmschauspieler
Madonna
Sängerin
Harrison Ford
Filmschauspieler
Jodie Foster
Filmschauspielerin
Michael Jackson
Sänger

Wetter

Das Wetter im Juli 1983 läßt keine Wünsche offen. Temperatur und Sonnenscheindauer sind überdurchschnittlich.

Mittwoch 4. Juli

Gesellschaft

Sterbehilfe erneut in der Diskussion. Nach der bundesweiten Diskussion um den Tod einer Krebspatientin in der Klinik des Chirurgen Julius Hackethal im April – der Mediziner hat der Patientin Zyankali zukommen lassen – spricht der Bundesgerichtshof in Karlsruhe einen Krefelder Arzt vom Vorwurf der versuchten Tötung durch unterlassene Hilfeleistung frei. Der Angeklagte hatte auf Wunsch einer todkranken Patientin lebenserhaltende Maßnahmen nicht durchgeführt.

Politik

Kohl in Lateinamerika: Bundeskanzler Helmut Kohl (CDU) beginnt seine mehrtägige Reise nach Argentinien und Mexiko. Im Vordergrund der intensiven politischen Konsultationen stehen finanzpolitische Fragen. Insbesondere die Schuldensituation der beiden südamerikanischen Staaten ist bedrohlich. Kohl lehnt jedoch eine Rolle als Vermittler oder Unterhändler in der Frage der Auslandsschulden mit den Gläubigerländern ab.

Wetter

Das Wetter im Juli 1984 ist schlecht. Mit 16,2° C liegt die Durchschnittstemperatur weit unter dem langjährigen Mittel von 18,3° C.

Donnerstag 4. Juli

Politik

Gegen Handelsbeschränkungen: Mitglieder des US-Repräsentantenhauses drängen die japanische Regierung in Tokio, eine stärkere Öffnung ihres Marktes für ausländische Produkte nicht weiter hinauszuschieben. Nur so könne auch das Handelsdefizit mit den USA ausgeglichen werden. Eine Parität im Warenaustausch käme auch der Weltwirtschaft zugute.

Politik

Bei den Parlamentswahlen in Simbabwe gewinnt die ZANU-Partei des Ministerpräsidenten Robert Mugabe 63 der 80 Parlamentssitze, die für die schwarze Bevölkerung vorgesehen sind. Bei den für die weiße Minderheit reservierten Mandaten geht die Partei des früheren Ministerpräsidenten Ian Smith als Sieger hervor. Sie stellt im Parlament 15 der 20 möglichen Abgeordneten.

Rekorde in den 80er Jahren

1500 m: S. Aouita (MAR) – 3:29,46 min (1985)
Stabhochsprung: Sergej Bubka (URS) – 6,00 m (1985)
100 m: Florence Griffith (USA) – 10,49 sec (1988)
Hochsprung: Javier Sotomayor (CUB) – 2,44 m (1989)

Wetter

Normalwerte kennzeichnen das Wetter im Juli 1985. Die mittlere Lufttemperatur liegt bei 17,9° C, die Sonne scheint 246 Stunden lang.

Freitag 4. Juli

Auffällig unauffällig: So stellt sich die lässige Frau der 80er ihre Mode zusammen

Gesellschaft

»Miss Liberty« wird 100: Mit einem großen Volksfest in New York feiern die US-Amerikaner den 100. Geburtstag der Freiheitsstatue. Die Skulptur war ein Geschenk des französischen Volkes und soll die freiheitlichen Traditionen der sog. Neuen Welt für alle sichtbar symbolisieren.

Sport

Fast so gut wie das Original: Mehr als 1600 Athleten aus 71 Ländern kommen zu den Goodwill-Games nach Moskau. Hauptfinanzier des Sportspektakels, das ein Ersatz für die in den Jahren 1980 und 1984 ausgefallenen Duelle der besten Sportler der Welt sein soll, ist der US-amerikanische Medienzar Robert Edward Turner. Nach dem Einmarsch der Sowjetunion in Afghanistan und im Zuge der Realisierung des NATO-Doppelbeschlusses boykottierte der Westen die Olympischen Spiele in Moskau (1980) und der Ostblock die Spiele in Los Angeles (1984).

Wetter

Das Wetter im Juli 1986 ist ohne Besonderheiten.

Samstag 4. Juli

Gesellschaft

Der »Schlächter von Lyon«, der einstige Gestapochef Klaus Barbie, wird zu einer lebenslangen Freiheitsstrafe verurteilt. Die Richter sehen es als erwiesen an, daß Barbie in den Jahren 1943 und 1944 insgesamt 17 Verbrechen u. a. gegen die Menschlichkeit, Beihilfe zum Mord, Deportation in Konzentrationslager sowie Verschleppung von Minderjährigen begangen hat. In dem fast zweimonatigen Verfahren in Lyon wurden über 100 Zeugen gehört.

Sport

Das Finale im Dameneinzel bei den 101. offenen englischen Tennismeisterschaften endet mit einem Sieg der US-Amerikanerin Martina Navratilova. Sie schlägt die Deutsche Steffi Graf in 69 Minuten relativ glatt in zwei Sätzen. Mit diesem Sieg in Wimbledon verteidigt Navratilova zugleich ihren ersten Platz in der Tennisweltrangliste.

Leger und bequem: Herrenmode im Oversize-Stil mit Jackenmantel

Wetter

Angenehme sommerliche Temperaturen und wenig Niederschlag kennzeichnen den Juli 1987.

Montag 4. Juli

Kultur

Der Goethe-Preis der Stadt Frankfurt am Main geht diesmal an den Berliner Theaterregisseur Peter Stein. Der Dramaturg erhält die Auszeichnung für sein herausragendes künstlerisches Engagement im Bereich der bundesdeutschen Theaterlandschaft. Der Frankfurter Goethe-Preis wurde 1927 das erste Mal verliehen.

Preise in den 80er Jahren

1 kg Butter	9,44
1 kg Mehl	1,36
1 kg Fleisch	11,83
1 l Vollmilch	1,22
1 Ei	0,26
10 kg Kartoffeln	8,84
1 kg Zucker	1,94
Stundenlohn	17,23

in DM, Stand 1985

Sport

Fußballer gegen Öl: Igor Belanow, sowjetischer Fußballnationalspieler in Diensten von Dynamo Kiew, wird in schwarzem Gold aufgewogen. Als Ablösesumme für seinen anstehenden Wechsel zum italienischen Erstligisten Atalanta Bergamo vereinbaren die Vereinsfunktionäre eine Erdöllieferung an die Sowjetunion im Wert von umgerechnet 500 000 DM.

Wetter

Die Wetterstationen melden keine Besonderheiten für den Juli des Jahres 1988. Die mittlere Lufttemperatur liegt bei 18,2° C. Die Niederschlagsmenge beträgt 101 mm, das sind 31 mm mehr als üblich.

Dienstag 4. Juli

Technik

Führerloser Kampf-Jet: Eine »pilotenfreie« sowjetische Militärmaschine vom Typ Mig 23 überfliegt die Bundesrepublik Deutschland, die Niederlande und stürzt in Belgien auf ein Wohnhaus. Bei dem tragischen Unglücksfall wird ein 18jähriger Mann getötet.

Gesellschaft

Rechtsextremismus nimmt zu: In Bonn stellt Bundesinnenminister Wolfgang Schäuble (CDU) der Presse den Verfassungsschutzbericht für 1988 vor. Nach den Erkenntnissen der Sicherheitsbehörde wachsen in der Bundesrepublik rechtsextremistische Tendenzen.

Politik

Glasnost greift: In der sowjetischen Republik Litauen wird ein Gesetz über private Landwirtschaft erlassen. Nach der neuen Verordnung dürfen Bauern 50 ha ihres Landes selbständig bearbeiten und an die nachfolgende Generation vererben.

Wetter

Auch in diesem Jahr fällt der Juli klimatisch nicht aus der Rolle.

INAUGURATION OF

1990-1996

Highlights des Jahrzehnts

1990

- Wiedervereinigung Deutschlands
- Südafrika: Nelson Mandela nach 27jähriger Haft freigelassen
- Irakische Truppen überfallen das Emirat Kuwait
- Gewerkschaftsführer Lech Walesa neuer polnischer Präsident
- Litauen erklärt Unabhängigkeit
- Deutsche Fußballnationalelf zum dritten Mal Weltmeister
- Star-Tenöre Carreras, Domingo und Pavarotti treten gemeinsam auf

1991

- Alliierte befreien Kuwait und beenden Golfkrieg
- Auflösung des Warschauer Pakts
- Bürgerkrieg in Jugoslawien
- Auflösung der Sowjetunion – Gründung der GUS
- Sensationeller archäologischer Fund: »Ötzi«
- Vertrag von Maastricht
- Sieben Oscars für Kevin Costners »Der mit dem Wolf tanzt«
- Bürgerkrieg in Somalia
- Frieden im Libanon

1992

- Abschaffung der Apartheid-Politik in Südafrika
- Entsendung von UNO-Blauhelmsoldaten nach Jugoslawien
- Tod des ehemaligen Bundeskanzlers Willy Brandt
- Bill Clinton zum 42. US-Präsidenten gewählt
- In Hamburg wird mit Maria Jepsen zum ersten Mal eine Frau Bischöfin
- Fertigstellung des Rhein-Main-Donau-Kanals

1993

- Teilung der ČSFR in die Tschechische und die Slowakische Republik
- Rechtsradikale Gewaltakte gegen Ausländer
- Gaza-Jericho-Abkommen zwischen Israel und der PLO
- Skandal um HIV-Blutplasma
- Einführung von fünfstelligen Postleitzahlen im Bundesgebiet
- Sexskandal um Pop-Star Michael Jackson

1994

- Nelson Mandela erster schwarzer Präsident Südafrikas
- Fertigstellung des Eurotunnels unter dem Ärmelkanal
- Über 900 Todesopfer beim Untergang der Fähre »Estonia«
- Abzug der letzten russischen Truppen aus Berlin
- Michael Schumacher erster deutscher Formel-1-Weltmeister

1995

- Weltweite Proteste gegen französische Atomversuche im Pazifik
- Giftgasanschlag in Tokio
- Einführung von Pflegeversicherung und Solidaritätszuschlag
- Verpackungskünstler Christo verhüllt den Berliner Reichstag
- Ermordung des israelischen Regierungschefs Yitzhak Rabin
- Friedensvertrag für Bosnien

1996

- Arafat gewinnt Wahlen in Palästina
- IRA kündigt Waffenstillstand auf
- 100 Jahre Olympia: Jubiläumsspiele der Superlative in Atlanta

◀ **Der Präsident spielt Saxophon: Bill Clinton feiert 1993 die Amtseinführung**

Mittwoch 4. Juli

Gesellschaft

Kampf um Arbeit beginnt: Drei Tage nach der Verabschiedung der deutsch-deutschen Wirtschafts-, Währungs- und Sozialunion treten Arbeiter und Angestellte im Norden der DDR in den Warnstreik. Sie werfen den Arbeitgeberverbänden vor, die Tarifverhandlungen zu verzögern, und fordern einen zweijährigen Kündigungsschutz.

Politik

Forderung nach Demokratie ist strafbar: Die beiden führenden kenianischen Oppositionspolitiker Kenneth Matiba und Charles Rubia werden unter dem Vorwurf festgenommen, öffentlich ein pluralistisches Parteiensystem gefordert zu haben. Der innenpolitische Kampf um Demokratie spitzt sich am 7. Juli zu, als in Nairobi auf einer Kundgebung gesellschaftliche Reformen verlangt werden. In den folgenden Tagen weiten sich die Unruhen auf andere Landesteile Kenias aus. Mindestens 22 Demonstranten kommen bei den Auseinandersetzungen ums Leben.

Wetter

Das Wetter im Juli 1990 ist ohne nennenswerte Besonderheiten. Die mittlere Lufttemperatur liegt bei 17,4° C; die Sonnenscheindauer bei 251 Stunden.

1991

Donnerstag 4. Juli

Technik

Die gemeinsame Produktion eines 16-Megabit-Chips vereinbaren die Siemens AG und IBM. Herstellungsort ist das französische IBM-Werk Corbeil-Essonnes.

Politik

Neuer Ministerpräsident Sachsen-Anhalts wird der frühere Finanzminister Werner Münch (CDU). Er tritt die Nachfolge von Gerd Gies an, dem vorgeworfen wird, CDU-Abgeordnete mit unbewiesenen Gerüchten, sie hätten für die Stasi gearbeitet, zum Mandatsverzicht gedrängt zu haben, um selbst einen Sitz im Landtag zu erhalten. Auch Münch bleibt nicht bis zum Ende der Legislaturperiode im Amt. Nach Beanstandungen des Landesrechnungshofes, der Regierungschef und drei aus dem Westen stammende Minister hätten überhöhte Gehälter kassiert, muß Münch 1993 gehen.

Rekorde in den 90er Jahren

Weitsprung: Mike Powell (USA) – 8,95 m (1991)
110 m Hürden: Colin Jackson (USA) – 12,91 sec (1993)
Skifliegen: E. Bredesen (NOR) – 209 m (1994)
Dreisprung: J. Edwards (GBR) – 18,29 m (1995)

Wetter

Hochsommerlich warm ist der Juli im Jahr 1991. Die mittlere Temperatur liegt bei 21,0° C.

Samstag 4. Juli

Politik

An den Hilfsmaßnahmen für die notleidende Bevölkerung im ehemaligen Jugoslawien beteiligen sich erstmalig auch deutsche Soldaten. Im Zuge der Luftbrücke für die bosnische Hauptstadt Sarajevo ist ein Transportflugzeug der Luftwaffe im Einsatz. Die SPD-Opposition im Bonner Bundestag stimmten den Flügen ausdrücklich zu.

Krawatte ist kein Muß mehr: Anzug mit zweireihigem Sakko

Politik

Wahlen sind eine Farce: Die Sozialdemokratische Partei (SDP) in Niger gewinnt mit 314 Mandaten die nationalen Parlamentswahlen. Die Abgeordnetenkammer des afrikanischen Landes verfügt allerdings über wenig Mitspracherechte und wird zum Ende des Jahres noch weiterer Kompetenzen beraubt. Niger steht unter der Führung einer diktatorisch regierenden Militärjunta.

Wetter

Trotz einer etwas erhöhten Niederschlagsmenge ist der Juli 1992 warm. Seine Durchschnittstemperatur liegt fast 3° C über dem Normalwert.

Sonntag 4. Juli

Sport

Sensationssieg für deutsche Basketballer: Durch einen auch von Fachleuten nicht erwarteten Sieg über die Mannschaft Rußlands wird das bundesdeutsche Basketball-Team in der bayerischen Landeshauptstadt München Europameister. Durch den sportlichen Erfolg gewinnt Basketball in der Bundesrepublik zunehmend an Popularität bei Jugendlichen. So werden in den folgenden Monaten u. a. unzählige sog. Streetball-Turniere nach US-amerikanischen Muster veranstaltet.

Für die heißen Sommer der 90er Jahre: Kleid mit Bustieroberteil

Politik

Wegen der Pannen beim GSG-9-Einsatz gegen mutmaßliche RAF-Terroristen in Bad Kleinen tritt Innenminister Rudolf Seiters (CDU) zurück. Bei der Aktion kamen ein Beamter des Bundesgrenzschutzes und der mutmaßliche Terrorist Wolfgang Grams ums Leben.

Wetter

Das Wetter im Juli des Jahres 1993 ist weniger gut. Bei einer Sonnenscheindauer von 204 Stunden beträgt die Durchschnittstemperatur 17,3° C .

Montag 4. Juli

Politik

Proteste gegen Regime in China: Der chinesische Ministerpräsident Li Peng beginnt in Bonn seinen mehrtägigen Deutschlandbesuch. Aufgrund der schweren Menschenrechtsverletzungen in der Volksrepublik wird die Visite Li Pengs in Berlin, Weimar und München von Demonstrationen aufgebrachter Bürger begleitet.

Stars der 90er Jahre

Kevin Costner
Filmschauspieler
Julia Roberts
Filmschauspielerin
Whitney Houston
Sängerin
Michael Schumacher
Rennfahrer
Luciano Pavarotti
Sänger

Politik

Im ruandischen Bürgerkrieg erobern die Tutsi-Rebellen der Patriotischen Front die Hauptstadt Kigali. Nach diesem militärischen Erfolg setzen sie ihren Vormarsch in Richtung zaïrische Grenze weiter fort. Infolge der blutigen innenpolitischen Konflikte zwischen Tutsi und Hutu sind nach Angaben von internationalen Hilfsorganisationen mehr als 1 Mio. Ruander auf der Flucht.

Wetter

Heiß und trocken ist der Juli 1994. Die Sonnenscheindauer erreicht mit 378 Stunden ebenso eine Rekordmarke wie die Lufttemperatur mit 23,7 ° C.

Dienstag 4. Juli

Politik

Henning Scherf wird Regierungschef der ersten großen Koalition von SPD und CDU in der Hansestadt Bremen. Scherf (SPD) löst Klaus Wedemeier (SPD) ab, der wegen der immensen Stimmeneinbußen der Sozialdemokraten bei den letzten Bürgerschaftswahlen am 14. Mai auf eine erneute Kandidatur verzichtet hatte.

Gesellschaft

Der seit Jahren heftig diskutierte Streikparagraph 116 Arbeitsförderungsgesetz wird vom Bundesverfassungsgericht in Karlsruhe für »derzeit« unbedenklich erklärt. Laut Paragraph 116 erfolgt keine Arbeitslosen- oder Kurzarbeitergeldzahlung, wenn bedingt durch einen Streik in einem anderen Tarifgebiet die Produktion aufgrund fehlender Zulieferung zusammenbricht.

Preise in den 90er Jahren

1 kg Butter	8,20
1 kg Mehl	1,21
1 kg Fleisch	12,85
1 l Vollmilch	1,33
1 Ei	0,27
10 kg Kartoffeln	10,30
1 kg Zucker	1,92
Stundenlohn	24,91

in DM, Stand 1993

Wetter

Das Wetter im Juli 1995 ist besonders gut. Langanhaltender Sonnenschein sorgt wie im Vorjahr für eine mittlere Lufttemperatur, die weit über dem Normalwert von 18,3° C liegt.

Donnerstag 4. Juli

Freitag 4. Juli

Mittwoch 4. Juli

Louis Armstrong

***4.7.1900, New Orleans**

»Mr. Jazz« ist eine der wichtigsten Persönlichkeiten des traditionellen Jazz. Seine harmonische Sicherheit und sein Gefühl für das musikalisch Wesentliche machten ihn zum stilbildenden Gestalter im Jazz. Zu den revolutionären Neuerungen, die Armstrong in den Jazz einführte, gehört vor allen, daß er kollektive Improvisationen durch Soli ersetzte. Mit Hits wie »Takes two to tango« (1952), »Mack the knife« (1959) und »What a wonderful world« (1969) wurde »Satchmo« einem breiten Publikum bekannt. Er starb am 6. Juli 1971 in New York.

Montag 4. Juli

Gina Lollobrigida

***4.7.1927, Subiaco**

Unvergeßlichen Weltruhm im Filmgeschäft erzielte Gina Lollobrigida durch die Victor-Hugo-Verfilmung »Der Glöckner von Notre-Dame« (1956). An der Seite des Hollywoodstars Anthony Quinn verzauberte »Gina Nationale« als verführerische Zigeunerin Esmeralda. Mit ihrer Attraktivität, ihrem südländischen Temperament und einer warmherzigen Ausstrahlung wurde sie in den 50er Jahren zur beliebtesten italienischen Schauspielerin. Seit den 70er Jahren widmet sich die gelernte Fotografin der Herausgabe von Bildbänden.

Sonntag 4. Juli

John Waite

***4.7.1954, Lancaster**

In den 70er Jahren nahm die internationale Rockmusikszene erstmals größere Notiz von dem britischen Sänger, Bassisten und Songschreiber John Waite, der die Band »Babys« mitgründete. Nach deren Auflösung im Jahr 1981 widmete sich das Multitalent einer Reihe von Soloproduktionen, in denen er seine eigenen künstlerischen Ambitionen verwirklichen konnte. Der Erfolg gab John Waite mehr als recht: Mit dem Ohrwurm »Missing You« erreichte er im Sommer 1984 nicht nur die Top Ten der US-amerikanischen Charts.

Mittwoch 4. Juli

Pam Shriver

***4.7.1962, Baltimore**

Grand-Slam-Siege, der Traum eines jeden Tennisspielers, gehörten bei der US-Amerikanerin Shriver schon fast zum Alltagsgeschäft. An der Seite von Martina Navratilova gewann Pam Shriver auf dem Höhepunkt ihrer sportlichen Karriere allein im Jahr 1987 das Endspiel im Damendoppel der French Open in Paris, die Australian Open und die US Open. Leider gehörte Pam Shriver in der Einzelkonkurrenz zu den »Leidtragenden« der Ära Navratilova – die sportliche Dominanz der Exiltschechin ließ sich nicht brechen.

Donnerstag 4. Juli

Henri Leconte

***4.7.1963, Lillers**

Manche bezeichnen ihn auch als den »Pechvogel des weißen Sports«: Henri Leconte, Tennis-Profi seit 1980, laborierte über die Jahre hinweg an einer latenten Rückenverletzung, die immer wieder dafür sorgte, daß ihm der ganz große sportliche Durchbruch versagt blieb. Trotz aller Enttäuschungen begeistert der französische Daviscup-Spieler nicht nur das Publikum seines Heimatlandes, sondern auch auf den anderen Plätzen der Welt. Denn wie kaum ein anderer fasziniert der Linkshänder durch Können, Engagement und eine große Portion Spielwitz.

Impressum

Autor:	Carsten Wember, Dortmund
Redaktion:	Ingrid Reuter, Dortmund
Bildredaktion:	Sonja Rudowicz
Umschlaggestaltung und Layout:	Pro Design, München
Satz:	JOSCH Werbeagentur, Essen
Druck:	Brepols, Turnhout

Abbildungsnachweis: Bertelsmann Lexikon Verlag, Gütersloh: 130; Bettmann, New York: 128; Cinetext, Frankfurt am Main: 129; Horstmüller, Düsseldorf: 131; Werek, München: 132.
Modefotos 1900–30er Jahre, Damenmode 40er Jahre, Damenmode 50er Jahre: Bertelsmann Lexikon Verlag, Gütersloh; Modefotos Herrenmode 40er Jahre, Herrenmode 50er Jahre, 60er–90er Jahre: Prof. Dr. Ingrid Loschek, Boxford.
Alle übrigen Abbildungen: Bettmann Archive/UPI/Reuters/John Springer Coll., New York.

Trotz größter Sorgfalt konnten die Urheber des Bildmaterials nicht in allen Fällen ermittelt werden. Wir bitten gegebenenfalls um Mitteilung.

ISBN 3-577-30704-8

Vom 1. Januar bis zum 31. Dezember

Individuelle Bücher – für jeden Tag des Jahres eines. Mit allen wichtigen Ereignissen, die sich genau an diesem besonderen Tag während der Jahre unseres Jahrhunderts zugetragen haben. Doch trotz all der großen Ereignisse des Weltgeschehens – es gibt immer auch persönlich wichtige Daten für jeden einzelnen Menschen, sei es ein Geburtstag, Hochzeitstag, Erinnerungstag oder der Tag, an dem eine entscheidende Prüfung bestanden wurde. So wird aus einem Tag im Spiegel des Jahrhunderts zugleich auch ein »persönlicher« Tag. Und endlich gibt es für all diese Anlässe das richtige Buch, das passende Geschenk!

Persönliches Horoskop

Was sagen die Sterne zu den jeweiligen Tagen? Außerdem erfahren Sie, welche bekannten Menschen unter dem gleichen Sternzeichen geboren wurden.

CHRONIK-BIBLIOTHEK DES 20. JAHRHUNDERTS

Von 1900 bis zur Gegenwart

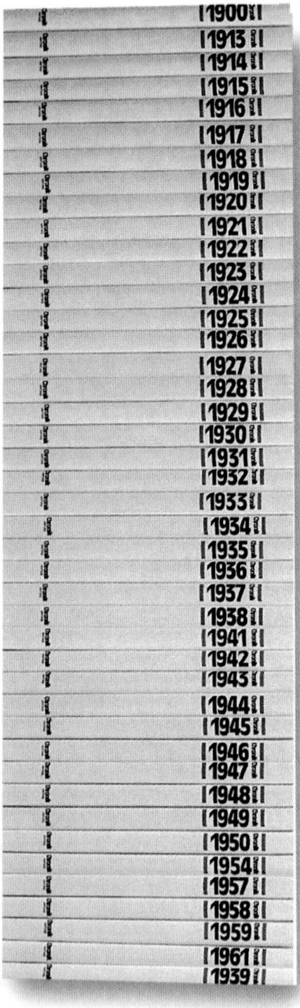

Die »Chronik-Bibliothek« ist die umfassende Dokumentation unseres Jahrhunderts. Für jedes Jahr gibt es einen eigenen, umfangreichen und zahlreich – überwiegend farbig – bebilderten Band. Tag für Tag wird dabei das Weltgeschehen in Wort und Bild nachgezeichnet – jetzt lückenlos bis in die Gegenwart. Sie können das jeweilige Jahr in chronologischer Folge an sich vorüberziehen lassen, aber die »Chronik« auch als Nachschlagewerk oder als Lesebuch benutzen. Ein prachtvolles Geschenk – nicht nur für Jubilare. Und wer die »Chronik-Bibliothek« sammelt, erhält ein Dokumentationssystem, wie es in dieser Dichte und Genauigkeit sonst nicht zu haben ist.